同题散文经典

陈子善 蔡翔 ◎ 编

荷塘月色
海上生明月

朱自清 巴金 等 ◎ 著

人民文学出版社

图书在版编目(CIP)数据

荷塘月色 海上生明月 / 朱自清等著；陈子善，蔡翔编.
—北京：人民文学出版社，2017(2024.10 重印)
（同题散文经典）
ISBN 978-7-02-012592-0

Ⅰ.①荷… Ⅱ.①朱… ②陈… ③蔡… Ⅲ.①散文集
-中国-现代②散文集-中国-当代 Ⅳ.①I266

中国版本图书馆 CIP 数据核字(2017)第 068879 号

责任编辑：卜艳冰 张玉贞
封面设计：汪佳诗

出版发行 人民文学出版社
社 址 北京市朝内大街 166 号
邮政编码 100705

印 刷 山东新华印务有限公司
经 销 全国新华书店等

开 本 890 毫米×1240 毫米 1/32
印 张 6.75
插 页 2
字 数 140 千字
版 次 2007 年 7 月北京第 1 版
印 次 2024 年 10 月第 4 次印刷

书 号 978-7-02-012592-0
定 价 39.00 元

如有印装质量问题，请与本社图书销售中心调换。电话：010 - 65233595

编辑例言

中国素来是散文大国,古之文章,已传唱千世。而至现代,散文再度勃兴,名篇佳作,亦不胜枚举。散文一体,论者尽有不同解释,但涉及风格之丰富多样,语言之精湛凝练,名家又皆首肯之。因此,在时下"图像时代"或曰"速食文化"的阅读气氛中,重读散文经典,便又有了感觉母语魅力的意义。

本着这样的心愿,我们对中国现当代的散文名篇进行了重新的分类编选。比如,春、夏、秋、冬,比如风、花、雪、月等等。这样的分类编选,可能会被时贤议为机械,但其好处却在于每册的内容相对集中,似乎也更方便一般读者的阅读。

这套丛书将分批编选出版,并冠之以不同名称。选文中一些现代作家的行文习惯和用词可能与当下的规范不一致,为尊重历史原貌,一律不予更动。考虑到丛书主要面向一般读者,选文不再注明出处。由于编选者识见有限,挂一漏万在所难免,因此,遗珠之憾也将存在。这些都只能在编选过程中逐步弥补,敬请读者诸君多多指教。

目录

月

桨声灯影里的秦淮河

◎朱自清

1923 年 8 月的一晚,我和平伯同游秦淮河;平伯是初泛,我是重来了。我们雇了一只"七板子",在夕阳已去、皎月方来的时候,便下了船。于是桨声汩——汩,我们开始领略那晃荡着蔷薇色的历史的秦淮河的滋味了。

秦淮河里的船,比北京万生园、颐和园的船好。比西湖的船好,比扬州瘦西湖的船也好。这几处的船不是觉着笨,就是觉得简陋、局促,都不能引起乘客们的情韵,如秦淮河的船一样。秦淮河的船约略可分为两种:一是大船;一是小船,就是所谓"七板子"。大船舱口阔大,可容二三十人。里面陈设着字画和光洁的红木家具,桌上一律嵌着冰冷的大理石面。窗格雕镂颇细,使人起柔腻之感。窗格里映着红色蓝色的玻璃;玻璃上有精致的花纹,也颇悦人目。"七板子"规模虽不及大船,但那淡蓝色的栏杆,空敞的舱,也足系人情思。而最出色处却在它的舱前。舱前是甲板上的一部,上面有弧形的顶,两边用疏疏的栏杆支着。里面通常放着两张藤的躺椅。躺下,可以谈天,可以望远,可以顾盼两岸的河房。大船上也有这个,但在小船上更觉清隽罢了。舱前的顶下,一律悬着灯彩;灯的多少,明暗,彩苏的精粗、艳晦,是不一的,但好歹总还你一个灯彩。这灯彩实在是最能勾人的东西。夜幕垂垂地下来时,大小船上都点起灯火。从两重玻璃里映出那辐射着的黄黄的散光,反晕出一片朦胧的烟霭;透过这烟霭,在黯黯的水波里,又逗起缕缕的明漪。在这薄霭和微漪里,听着那悠然的间歇的桨声,谁能不被引入他的美梦去呢?只愁梦太多了,这些大小船儿如何载得起呀?我们这时模模糊糊地谈着明末的秦淮河的艳迹,如《桃花扇》及《板桥杂记》里所载的。我们真神往了。我们仿佛亲见那时华灯映水,画舫凌波的光景了。于是我们的船便成了历史的重载了。我们终于恍然秦淮河的船所以雅丽过于他处,而又有奇异的吸引力的,实在是许多历史的影像使然了。

秦淮河的水是碧阴阴的;看起来厚而不腻,或者是六朝金粉所凝么?我们初上船的时候,天色还未断黑,那漾漾的柔波是这样恬静、委婉,使我们一面有水阔天空之想,一面又憧憬着纸醉金迷之境了。等到灯火明时,阴阴的变为沉沉了:黯淡的水光,像梦一般;那偶然闪烁着的光芒,就是梦的眼睛了。我们坐在舱前,因了那隆起的顶棚,仿佛总是昂着首向前走着似的;于是飘飘然如御风而行的我们,看着那些自在的湾泊着的船,船里走马灯般的人物,便像是下界一般,迢迢的远了,又像在雾里看花,尽朦朦胧胧的。这时我们已过了利涉桥,望见东关头了。沿路听见断续的歌声:有从沿河的妓楼飘来的,有从河上船里渡来的。我们明知那些歌声,只是些因袭的言词,从生涩的歌喉里机械地发出来的,但它们经了夏夜的微风的吹漾和水波的摇拂,袅娜着到我们耳边的时候,已经不单是她们的歌声,而混着微风和河水的密语了。于是我们不得不被牵惹着,震撼着,相与浮沉于这歌声里了。从东关头转弯,不久就到大中桥,大中桥共有三个桥拱,都很阔大,俨然是三座门儿;使我们觉得我们的船和船里的我们,在桥下过去时,真是太无颜色了。桥砖是深褐色,表明它的历史的长久;但都完好无缺,令人太息于古昔工程的坚美。桥上两旁都是木壁的房子。中间应该有街路?这些房子都破旧了,多年烟熏的迹,遮没了当年的美丽。我想像秦淮河的极盛时,在这样宏阔的桥上,特地盖了房子,必然是髹漆得富富丽丽的;晚间必然是灯火通明的,现在却只剩下一片黑沉沉!但是桥上造着房子,毕竟使我们多少可以想见往日的繁华:这也慰情聊胜无了。过了大中桥,便到了灯月交辉,笙歌彻夜的秦淮河,这才是秦淮河的真面目哩。

　　大中桥外,顿然空阔,和桥内两岸排着密密的人家的景象大异了。一眼望去,疏疏的林,淡淡的月,衬着蔚蓝的天,颇像荒江野渡光景;那边呢,郁丛丛的,阴森森的,又似乎藏着无边的黑暗:令人几乎不信那是繁华的秦淮河了。但是河中眩晕着的灯光,纵横着的画舫,悠扬着的笛韵,夹着那吱吱的胡琴声,终于使我们认识绿如茵陈酒的秦淮水了。此地天裸露着的多些,故觉夜来得独迟些;从清清的水影里,我们感到的只是薄薄的夜——这正是秦淮河的夜。大中桥外,本来还有一座复成桥,是船夫口中的我们的游踪尽处,或也是秦淮河繁华的尽处了。我的脚曾踏过复成桥的脊,在十三四岁的时候。但是两次游秦淮河,却都不曾见着复成桥的面;明知总在前途的,却常觉得有些虚无缥缈似的。我想,不见倒也好。这时正是盛夏。我们下船后,藉着新生的晚凉和河上的微风,暑气已渐渐消散;到了此地,豁然开朗,身子顿然轻了——习习的清风荏苒在面上、手上、衣上,这便又感到了一缕新凉了。南京的日光,大概没有杭州猛烈;西湖的夏夜老是热蓬蓬的,水像沸着一般,秦淮河的水却尽是这样冷冷地绿着。任你人影的憧憧,歌声的扰扰,总像隔着一层薄薄的绿纱面幂似的;它尽是这样静静地、冷冷地绿着。我们出了大中桥,走不上半里路,船夫便将船划到一旁,停了桨由它荡着。他以为那里正是繁华的极点,再过去就是荒凉;所以让我们多多赏鉴一会儿。他自己却静静地蹲着。他是看惯这光景的了,大约只是一个无可无不可。这无可无不可,无论是升的沉的,总之,都比我们高了。

那时河里闹热极了;船大半泊着,小半在水上穿梭似的来往。停泊着的都在近市的那一边,我们的船自然也夹在其中。因为这边略略地挤,便觉得那边十分地疏了。在每一只船从那边过去时,我们能画出它的轻轻的影和曲曲的波,在我们的心上;这显着是空,且显着是静了。那时处处都是歌声和凄厉的胡琴声,圆润的喉咙,确乎是很少的。但那生涩的、尖脆的调子能使人有少年的、粗率不拘的感觉,也正可快我们的意。况且多少隔开些儿听着,因为想像与渴慕的作美,总觉更有滋味;而竞发的喧嚣,抑扬的不齐,远远的杂沓,和乐器的嘈嘈切切,合成另一意味的谐音,也使我们无所适从,如随着大风而走。这实在因为我们的心枯涩久了,变为脆弱;故偶然润泽一下,便疯狂似的不能自主了。但秦淮河确也腻人。即如船里的人面,无论是和我们一堆儿泊着的,无论是从我们眼前过去的,总是模模糊糊的,甚至渺渺茫茫的;任你张圆了眼睛,揩净了眦垢,也是枉然。这真够人想呢。在我们停泊的地方,灯光原是纷然的;不过这些灯光都是黄而有晕的。黄已经不能明了,再加上了晕,便更不成了。灯愈多,晕就愈甚;在繁星般的黄的交错里,秦淮河仿佛笼上了一团光雾。光芒与雾气腾腾地晕着,什么都只剩了轮廓了;所以人面的详细的曲线,便消失于我们的眼底了。但灯光究竟夺不了那边的月色;灯光是浑的,月色是清的。在混沌的灯光里,渗入一派清辉,却真是奇迹! 那晚月儿已瘦削了两三分。她晚妆才罢,盈盈地上了柳梢头。天是蓝得可爱,仿佛一汪水似的;月儿便更出落得精神了。岸上原有三株两株的垂杨柳,淡淡的影子,在水里摇曳着。它们那柔细的枝条浴着月光,就像一支支美人的臂膊,交互地缠着,挽着;又像是月儿披着的发。而月儿偶尔也从它们的交叉处偷偷窥看我们,大有小姑娘怕羞的样子。岸上另有几株不知名的老树,光光地立着;在月光里照起来,却又俨然是精神矍铄的老人。远处——快到天际线了,才有一两片白云,亮得现出异彩,像是美丽的贝壳一般。白云下便是黑黑的一带轮廓;是一条随意画的不规则的曲线。这一段光景,和河中的风味大异了。但灯与月竟能并存着、交融着,使月成了缠绵的月,灯射着渺渺的灵辉,这正是天之所以厚秦淮河,也正是天之所以厚我们了。

这时却遇着了难解的纠纷。秦淮河上原有一种歌妓,是以歌为业的。从前都在茶坊上,唱些大曲之类。每日午后一时起,什么时候止,却忘记了。晚上照样也有一回,也在黄晕的灯光里。我从前过南京时,曾随着朋友去听过两次。因为茶舫里的人脸太多了,觉得不大适意,终于听不出所以然。前年听说歌妓被取缔了,不知怎的,颇涉想了几次——却想不出什么。这次到南京,先到茶舫上去看看,觉得颇是寂寥,令我无端地怅怅了。不料她们却仍在秦淮河里挣扎着,不料她们竟会纠缠到我们,我于是很张皇了。她们也乘着"七板子",她们总是坐在舱前的。舱前点着石油汽灯,光亮炫人眼目:坐在下面的，自然是纤毫毕见了——引诱客人们的力量，也便在此了。舱里躲着乐工等人，映着汽灯的余辉蠕动着；他们是永远不被注意的。每船的歌妓大约都是二人；天色一黑，她们的船就在大中桥外往来不息地兜生意。无论行着的船，泊着的船，都要来兜揽的。这都是我后来推想出来的。那晚不知怎样，忽然轮着我们的船了。我们的船好好地停着，一只歌舫划向我们来了；渐渐和我们的船并着了。烁烁的灯光逼得我们皱起了眉头；我们的风尘色全给它托出来了，这使我踟蹰不安了。那时一个伙计跨过船来，拿着摊开的歌折，就近塞向我的手里，说："点几出吧！"他跨过来的时候，我们船上似乎有许多眼光跟着。同时相近的别的船上也似乎有许多眼睛炯炯地向我们船上看着。我真窘了！我也装出大方的样子，向歌妓们瞥了一眼，但究竟是不成的！我勉强将那歌折翻了一翻，却不曾看清了几个字；便赶紧递还那伙计，一面不好意思地说："不要。我们……不要。"他便塞给平伯，平伯掉转头来，摇手说："不要！"那人还腻着不走。平伯又回过脸来，摇着头道："不要！"于是那人重到我处，我窘着再拒绝了他，他这才有所不屑似的走了。我的心立刻放下，如释了重负一般。我们就开始自白了。

我说我受了道德律的压迫，拒绝了她们；心里似乎很抱歉的。这所谓抱歉，一面对于她们，一面对于我自己。她们于我们虽然没有很奢的希望；但总有些希望的。我们拒绝了她们，无论理由如何充足，却使她们的希望受了伤；这总有几分不作美了。这是我觉得很怅怅的。至于我自己，更有一种不足之感。我这时被四面的歌声诱惑了，降伏了；但是远远的，远远的歌声总仿佛隔着重衣搔痒似的，越搔越搔不着痒处。我于是憧憬着贴耳的妙音了。在歌舫划来时,我的憧憬,变为盼望;我固执地盼望着,有如饥渴,虽然从浅薄的经验里,也能够推知,那贴耳的歌声,将剥去了一切的美妙;但一个平常的人像我的,谁愿凭了理性之力去丑化未来呢?我宁愿自己骗着了。不过我的社会感性是很敏锐的;我的思力能拆穿道德律的西洋镜,而我的感情却终于被它压服着。我于是有所顾忌了,尤其是在众目昭彰的时候。道德律的力,本来是民众赋予的;在民众的面前,自然更显出它的威严了。我这时一面盼望,一面却感到了两重的禁制:一,在通俗的意义上,接近妓者总算一种不正当的行为;二,妓是一种不健全的职业,我们对于她们,应有哀矜勿喜之心,不应赏玩地去听她们的歌。在众目睽睽之下,这两种思想在我心里最为旺盛。她们暂时压倒了我的听歌的盼望,这便成就了我的灰色的拒绝。那时的心实在异常状态中,觉得颇是昏乱。歌舫去了,暂时宁静之后,我的思绪又如潮涌了。两个相反的意思在我心头往复:卖歌和卖淫不同,听歌和狎妓不同,又干道德甚事?——但是,但是,她们既被逼得以歌为业,她们的歌必无艺术味的;况她们的身世,我们究竟该同情的。所以拒绝倒也是正办。但这些意思终于不曾撇开我的听歌的盼望。它力量异常坚强;它总想将别的思绪踏在脚下。从这重重的争斗里,我感到了浓厚的不足之感。这不足之感使我的心盘旋不安,起坐都不安宁了。唉!我承认我是一个自私的人!平伯呢,却与我不同。他引周启明先生的诗,"因为我有妻子,所以我爱一切的女人;因为我有子女,所以我爱一切的孩子。"他的意思可以见了。他因为推及的同情,爱着那些歌妓,并且尊重着她们,所以拒绝了她们。在这种情形下,他自然以为听是对于她们的一种侮辱。但他也是想听歌的,虽然不和我一样,所以在他的心中,当然也有一番小小的争斗;争斗的结果,是同情胜了。至于道德律,在他是没有什么的;因为他很有蔑视一切的倾向,民众的力量在他是不大觉着的。这时他的心意的活动比较简单,又比较松弱,故事后还怡然自若;我却不能了。这里平伯又比我高了。

在我们谈话中间,又来了两只歌舫。伙计照前一样地请我们点戏,我们照前一样地拒绝了。我受了三次窘,心里的不安更甚了。清艳的夜景也为之减色。船夫大约因为要赶第二趟生意,催着我们回去;我们无可无不可地答应了。我们渐渐和那些晕黄的灯光远了,只有些月色冷清清地随着我们的归舟。我们的船竟没个伴儿,秦淮河的夜正长哩!到大中桥近处,才遇着一只来船。这是一只载妓的板船,黑漆漆的没有一点光。船头上坐着一个妓女;暗里看出,白地小花的衫子,黑的下衣。她手里拉着胡琴,口里唱着青衫的调子。她唱得响亮而圆转;当她的船箭一般驶过去时,余音还袅袅地在我们耳际,使我们倾听而向往。想不到在弩末的游踪里,还能领略到这样的清歌!这时船过大中桥了,森森的水影,如黑暗张着巨口,要将我们的船吞了下去。我们回顾那渺渺的黄光,不胜依恋之情;我们感到了寂寞了!这一段地方夜色甚浓,又有两头的灯光招邀着;桥外的灯火不用说了,过了桥另有东关头疏疏的灯火。我们忽然仰头看见依人的素月,不觉深悔归来之早了!走过东关头,有一两只大船湾泊着,又有几只船向我们来着。嚣嚣的一阵歌声人语,仿佛笑我们无伴的孤舟哩。东关头转弯,河上的夜色更浓了;临水的妓楼上,时时从帘缝里射出一线一线的灯光;仿佛黑暗从酣睡里眨了一眨眼。我们默然地对着,静听那泪——汩的桨声,几乎要入睡了;朦胧里却温寻着适才的繁华的余味。我那不安的心在静里愈显活跃了!这时我们都有了不足之感,而我的更其浓厚。我们却又不愿回去,于是只能由懊悔而怅惘了。船里便满载着怅惘了。直到利涉桥下,微微嘈杂的人声,才使我豁然一惊;那光景却又不同。右岸的河房里,都大开了窗户,里面亮着晃晃的电灯,电灯的光射到水上,蜿蜒曲折,闪闪不息,正如跳舞着的仙女的臂膀。我们的船已在她的臂膀里了;如睡在摇篮里一样,倦了的我们便又入梦了。那电灯下的人物,只觉得像蚂蚁一般,更不去萦念。这是最后的梦;可惜的是最短的梦!黑暗重复落在我们面前,我们看见傍岸的空船上一星两星的,枯燥无力又摇摇不定的灯光。我们的梦醒了,我们知道就要上岸了;我们心里充满了幻灭的情思。

1923 年 10 月 11 日作完,于温州

桨声灯影里的秦淮河

◎俞平伯

　　我们消受得秦淮河上的灯影,当圆月犹皎的仲夏之夜。

　　在茶店里吃了一盘豆腐干丝,两个烧饼之后,以歪歪的脚步踅上夫子庙前停泊着的画舫,就懒洋洋躺到藤椅上去了。好郁蒸的江南,傍晚也还是热的。"快开船罢!"桨声响了。

　　小的灯舫初次在河中荡漾;于我,情景是颇朦胧,滋味是怪羞涩的。我要错认它作七里的山塘,可是,河房里明窗洞启,映着玲珑入画的曲栏干,顿然省得身在何处了。佩弦呢,他已是重来,很应当消释一些迷惘的。但看他太频繁地摇着我的黑纸扇。胖子是这个样怯热的吗?

　　又早是夕阳西下,河上妆成一抹胭脂的薄媚。是被青溪的姊妹们所熏染的吗?还是匀得她们脸上的残脂呢?寂寂的河水,随双桨打它,终是没言语。密匝匝的绮恨逐老去的年华,已都如蜜饧似的融在流波的心窝里,连呜咽也将嫌它多事,更哪里论到哀嘶。心头,宛转的凄怀;口内,徘徊的低唱;留在夜夜的秦淮河上。

　　在利涉桥边买了一匣烟,荡过东关头,渐荡出大中桥了。船儿悄悄地穿出连环着的三个壮阔的涵洞,青溪夏夜的韶华已如巨幅的画豁然而抖落。哦!凄厉而繁的弦索,颤岔而涩的歌喉,杂着吓哈的笑语声,劈啪的竹牌响,更能把诸楼船上的华灯彩绘，显出火样的鲜明，火样的温煦了。小船儿载着我们，在大船缝里挤着，挨着，抹着走。它忘了自己也是今宵河上的一星灯火。

既踏进所谓"六朝金粉气"的销金锅，谁不笑笑呢！今天的一晚，且默了滔滔的言说，且舒了恻恻的情怀，暂且学着，姑且学着我们平时认为在醉里梦里的他们的憨痴笑语。看！初上的灯儿们一点点掠剪柔腻的波心，梭织地往来，把河水都皱得微明了。纸薄的心旌，我的，尽无休息地跟着它们飘荡，以至于怦怦而内热。这还好说什么的！如此说，诱惑是诚然有的，且于我已留下不易磨灭的印记。至于对榻的那一位先生，自认曾经一度摆脱了纠缠的他，其辩解又何处，这实在非我所知。

我们，醉不以涩味的酒，以微漾着、轻晕着的夜的风华。不是什么欣悦，不是什么慰藉，只感到一种怪陌生、怪异样的朦胧。朦胧之中似乎胎孕着一个如花的笑——这么淡，那么淡的倩笑。淡到已不可说，已不可拟，且已不可想；但我们终久是眩晕在它离合的神光之下的。我们没法使人信它是有，我们不信它是没有。勉强哲学地说，这或近于佛家的所谓"空"，既不当鲁莽说它是"无"，也不能径直说它是"有"，或者说"有"是有的，只因无可比拟形容那"有"的光景；故从表面看，与"没有"似不生分别。若定要我再说得具体些：譬如东风初劲时，直上高翔的纸鸢，牵线的那人儿自然远得很了，知她是哪一家呢？但凭那鸢尾一缕飘绵的彩线，便容易揣知下面的人寰中，必有微红的一双素手，卷起轻绡的广袖，牢担荷小纸鸢儿的命根的。飘翔岂不是东风的力，又岂不是纸鸢的含德，但其根株却将另有所寄。请问，这和纸鸢的省悟与否有何关系？故我们不能认笑是非有，也不能认朦胧即是笑。我们定应当如此说，朦胧里胎孕着一个如花的幻笑。和朦胧又相互混融着的，因它本来是淡极了，淡极了这么一个。

漫题那些纷烦的话，船儿已将泊在灯火的丛中去了。对岸有盏跳动的汽油灯，佩弦便硬说它远不如微黄的灯火。我简直没法和他分证那是非。

时有小小的艇子急忙忙打桨，向灯影的密流里横冲直撞。冷静孤独的油灯映见黯淡久的画船头上，秦淮河姑娘们的靓妆。茉莉的香，白兰花的香，脂粉的香，纱衣裳的香……微波泛滥出甜的暗香，随着她们那些船儿荡，随着我们这船儿荡，随着大大小小一切的船儿荡。有的互相笑语，有的默然不响，有的衬着胡琴亮着嗓子唱。一个，三两个，五六七个，比肩坐在船头的两旁，也无非多添些淡薄的影儿葬在我们的心上——太过火了，不至于罢，早消失在我们的眼皮上。谁都是这样急忙忙地打着桨，谁都是这样向灯影的密流里冲着撞；又何况久沉沦的她们，又何况飘泊惯的我们俩。当时浅浅的醉，今朝空空的惆怅；老实说，咱们萍泛的绮思不过如此而已，至多也不过如此而已。你且别讲，你且别想！这无非是梦中的电光，这无非是无明的幻象，这无非是以零星的火种微炎在大欲的根苗上。扮戏的咱们，散了场一个样，然而，上场锣，下场锣，天天忙，人人忙。看！吓！载送女郎的艇子才过去，货郎担的小船不是又来了？一盏小煤油灯，一舱的什物，他也忙得来像手里的摇铃，这样丁冬而郎当。

杨枝绿影下有条华灯璀璨的彩舫在那边停泊。我们那船不禁也依傍短柳的腰肢，敧侧地歇了。游客们的大船，歌女们的艇子，靠着。唱的拉着嗓子；听的歪着头，斜着眼，有的甚至于跳过她们的船头。如那时有严重些的声音，必然说："这哪里是什么旖旎风光！"咱们真是不知道，只模糊地觉着在秦淮河船上板起方正的脸是怪不好意思的。咱们本是在旅馆里，为什么不早早入睡，掂着牙儿，领略那"卧后清宵细细长"，而偏这样急急忙忙跑到河上来无聊浪荡？

还说那时的话，从杨柳枝的乱鬓里所得的境界，照规矩，外带三分风华的。况且今宵此地，动荡着有灯火的明姿。况且今宵此地，又是圆月欲缺未缺，欲上未上的黄昏时候。叮当的小锣，伊轧的胡琴，沉填的大鼓……弦吹声腾沸遍了三里的秦淮河。喳喳嚷嚷的一片，分不出谁是谁，分不出哪儿是哪儿，只有整个的繁喧来把我们包填。仿佛都抢着说笑，这儿夜夜尽是如此的，不过初上城的乡下佬是第一次呢。真是乡下人，真是第一次。

穿花蝴蝶样的小艇子多到不和我们相干。货郎担式的船，曾以一瓶汽水之故而拢近来，这是真的。至于她们呢，即使偶然灯影相偎而切掠过去，也无非瞧见我们微红的脸罢了，不见得有什么别的。可是夸口早哩！——来了，竟向我们来了！不但是近，且拢着了。船头傍着，船尾也傍着；这不但是拢着，且并着了。厮并着倒还不很要紧，且有人扑冬地跨上我们的船头了。这岂不大吃一惊！幸而来的不是姑娘们，还好。（她们正冷冰冰地在那船头上。）来人年纪并不大，神气倒怪狡猾，把一扣破烂的手折，摊在我们眼前，让细瞧那些戏目，好好儿点个唱。他说："先生，这是小意思。"诸君，读者，怎么办？

好，自命为超然派的来看榜样！两船挨着，灯光愈皎，见佩弦的脸又红起来了。那时的我是否也这样？这当转问他。（我希望我的镜子不要过于给我下不去。）老是红着脸终久不能打发人家走路的,所以想个法子在当时是很必要。说来也好笑,我的老调是一味地默,或干脆说个"不",或者摇摇头,摆摆手表示"决不"。如今都已使尽了。佩弦便进了一步,他嫌我的方术太冷漠了,又未必中用,摆脱纠缠的正当道路惟有辩解。好吗!听他说:"你不知道?这事我们是不能做的。"这是诸辩解中最简洁、最漂亮的一个。可惜他所说的"不知道?"来人倒算有些"不知道!"辜负了这二十分聪明的反语。他想得有理由,你们为什么不能做这事呢?因这"为什么?"佩弦又有进一层的曲解。哪知道更坏事,竟只博得那些船上人的一哂而去。他们平常虽不以聪明名家,但今晚却又怪聪明,如洞彻我们的肺肝一样的。这故事即我情愿讲给诸君听,怕有人未必愿意哩。"算了罢,就是这样算了罢。"恕我不再写下了,以外的让他自己说。

叙述只是如此,其实那时连翩而来的,我记得至少也有三五次。我们把它们一个一个地打发走路。但走的是走了,来的还正来。我们可以使它们走,我们不能禁止它们来。我们虽不轻被摇撼,但已有一点杌陧了。况且小艇上总载去一半的失望和一半的轻蔑,在桨声里仿佛狠狠地说,"都是呆子,都是吝啬鬼!"还有我们的船家。(姑娘们卖个唱,他可以赚几个子的佣金。)眼看她们一个一个地去远了,呆呆地蹲踞着,怪无聊赖似的。碰着了这种外缘,无怒亦无哀,惟有一种情意的紧张,使我们从颓弛中体会出挣扎来。这味道倒许很真切的,只恐怕不易为倦鸦似的人们所喜。

曾游过秦淮河的到底乖些。佩弦告船家:"我们多给你酒钱,把船摇开,别让他们来啰嗦。"自此以后,桨声复响,还我以平静了,我们俩又渐渐无拘无束舒服起来,又滔滔不断地来谈

14

谈方才的经过。今儿是算怎么一回事？我们齐声说，欲的胎动无可疑的。正如水见波痕轻婉已极，与未波时究不相类。微醉的我们，洪醉的他们，深浅虽不同，却同为一醉。接着来了第二问，既自认有欲的微炎，为什么艇子来时又羞涩地躲了呢？在这儿，答语参差着。佩弦说他的是一种暗昧的道德意味，我说是一种似较深沉的眷爱。我只背诵岂君的几句诗给佩弦听，望他曲喻我的心胸。可恨他今天似乎有些发钝，反而追着问我。

前面已是复成桥。青溪之东，暗碧的树梢上面微耀着一桁的清光。我们的船就缚在枯柳桩边待月。其时河心里晃荡着的，河岸头歇泊着的各式灯船，望去，少说点也有十廿来只。惟不觉繁喧，只添我们以幽甜。虽同是灯船，虽同是秦淮，虽同是我们；却是灯影淡了，河水静了，我们倦了，——况且月儿将上了。灯影里的昏黄，和月下灯影里的昏黄原是不相似的，又何况入倦的眼中所见的昏黄呢。灯光所以映她的秾姿，月华所以洗她的秀骨，以蓬腾的心焰跳舞她的盛年，以饧涩的眼波供养她的迟暮。必如此，才会有圆足的醉，圆足的恋，圆足的颓弛，成熟了我们的心田。

犹未下弦，一丸鹅蛋似的月，被纤柔的云丝们簇拥上了一碧的遥天。冉冉地行来，冷冷地照着秦淮。我们已打桨而徐归了。归途的感念，这一个黄昏里，心和境的交萦互染，其繁密殊超我们的言说。主心主物的哲思，依我外行人看，实在把事情说得太嫌简单，太嫌容易，太嫌分明了。实有的只是浑然之感。就论这一次秦淮夜泛罢，从来处来，从去处去，分析其间的成因自然亦是可能；不过求得圆满足尽的解析，使片段的因子们合拢来代替刹那间所体验的实有，这个我觉得有点不可能,至少于现在的我们是如此的。凡上所叙,请读者们只看作我归来后,回忆中所偶然留下的千百分之一二,微薄的残影,若所谓"当时之感",我决不敢望诸君能在此中窥得。即我自己虽正在这儿执笔构思,实在也无从重新体验出那时的情景。说老实话,我所有的只是忆。我告诸君的只是忆中的秦淮夜泛。至于说到那"当时之感",这应当去请教当时的我。而他久飞升了,无所存在。

……

凉月凉风之下,我们背着秦淮河走去,悄默是当然的事了。如回头,河中的繁灯想定是依然。我们却早已走得远,"灯火未阑人散";佩弦,诸君,我记得这就是在南京四日的酣嬉,将分手时的前夜。

1923,8,22,北京。

荷塘月色

◎朱自清

    这几天心里颇不宁静。今晚在院子里坐着乘凉,忽然想起日日走过的荷塘,在这满月的光里,总该另有一番样子吧。月亮渐渐地升高了,墙外马路上孩子们的欢笑,已经听不见了;妻在房里拍着闰儿,迷迷糊糊地哼着眠歌。我悄悄地披上大衫,带上门出去。

    沿着荷塘,是一条曲折的小煤屑路。这是一条幽僻的路;白天也少人走,夜晚更加寂寞。荷塘四面,长着许多树,蓊蓊郁郁的。路的一旁,是些杨柳,和一些不知道名字的树。没有月光的晚上,这路上阴森森的,有些怕人。今晚却很好,虽然月光也还是淡淡的。

    路上只我一个人,背着手踱着。这一片天地好像是我的;我也像超出了平常的自己,到了另一世界里。我爱热闹,也爱冷静;爱群居,也爱独处。像今晚上,一个人在这苍茫的月下,什么都可以想,什么都可以不想,便觉是个自由的人。白天里一定要做的事,一定要说的话,现在都可不理。这是独处的妙处;我且受用这无边的荷香月色好了。

    曲曲折折的荷塘上面,弥望的是田田的叶子。叶子出水很高,像亭亭的舞女的裙。层层的叶子中间,零星地点缀着些白花,有袅娜地开着的,有羞涩地打着朵儿的;正如一粒粒的明珠,又如碧天里的星星,又如刚出浴的美人。微风过处,送来缕缕清香,仿佛远处高楼上渺茫的歌声似的。这时候叶子与花也有一丝的颤动,像闪电般,霎时传过荷塘的那边去了。叶子本是肩并肩密密地挨着,这便宛然有了一道凝碧的波痕。叶子底下是脉脉的流水,遮住了,不能见一些颜色;而叶子却更见风致了。

月光如流水一般,静静地泻在这一片叶子和花上。薄薄的青雾浮起在荷塘里。叶子和花仿佛在牛乳中洗过一样;又像笼着轻纱的梦。虽然是满月,天上却有一层淡淡的云,所以不能朗照;但我以为这恰是到了好处——酣眠固不可少,小睡也别有风味的。月光是隔了树照过来的,高处丛生的灌木,落下参差的斑驳的黑影,峭楞楞如鬼一般;弯弯的杨柳的稀疏的倩影,却又像是画在荷叶上。塘中的月色并不均匀;但光与影有着和谐的旋律,如梵婀玲上奏着的名曲。

荷塘的四面,远远近近,高高低低都是树,而杨柳最多。这些树将一片荷塘重重围住;只在小路一旁,漏着几段空隙,像是特为月光留下的。树色一例是阴阴的,乍看像一团烟雾;但杨柳的丰姿,便在烟雾里也辨得出。树梢上隐隐约约的是一带远山,只有些大意罢了。树缝里也漏着一两点路灯光,没精打采的,是渴睡人的眼。这时候最热闹的,要数树上的蝉声与水里的蛙声;但热闹是它们的,我什么也没有。

忽然想起采莲的事情来了。采莲是江南的旧俗,似乎很早就有,而六朝时为盛;从诗歌里可以约略知道。采莲的是少年的女子,她们是荡着小船,唱着艳歌去的。采莲人不用说很多,还有看采莲的人。那是一个热闹的季节,也是一个风流的季节。梁元帝《采莲赋》里说得好:

于是妖童媛女，荡舟心许，鹢首徐回，兼传羽杯；棹将移而藻挂，船欲动而萍开。尔其纤腰束素，迁延顾步，夏始春余，叶嫩花初，恐沾裳而浅笑，畏倾船而敛裾。

可见当时嬉游的光景了。这真是有趣的事，可惜我们现在早已无福消受了。

于是又记起《西洲曲》里的句子：

采莲南塘秋，莲花过人头；低头弄莲子，莲子清如水。

今晚若有采莲人，这儿的莲花也算得"过人头"了；只不见一些流水的影子，是不行的。这令我到底惦着江南了。——这样想着，猛一抬头，不觉已是自己的门前；轻轻地推门进去，什么声息也没有，妻已睡熟好久了。

1927年7月

看月

◎叶圣陶

　　住在上海的"弄堂房子"里的人对于月亮的圆缺隐现是不甚关心的。所谓"天井",不到一丈见方的面积。至少十六支光的电灯每间里总得挂一盏。环境限定,不容你有关心到月亮的便利。走到路上,还没"断黑"已经一连串地亮着街灯。有月亮吧,就像多了一盏街灯。没有月亮吧,犹如一盏街灯损坏了,不曾亮起来。谁留意这些呢?

　　去年夏天,我曾经说过不大听到蝉声,现在说起月亮,我又觉得许久不看见月亮了。只记得某夜夜半醒来,对窗的收音机已经沉默了,隔壁的"马将"也歇了手,各家的电灯都已熄灭,一道象牙色的光从南窗透进来,把窗棂印在我的被袱上。我略微感得惊异,随即想到原来是月亮光。好奇地要看看月亮本身,我向窗外望去。但是,一会儿,月亮被云遮没了。

　　从北平来的人往往说在上海这地方怎么"呆"得住。一切都这样紧张。空气是这样龌龊。走出去很难得看见树木。诸如此类,他们可以举出一大堆。我想,月亮仿佛失去了这一点,也这是他们所认为在上海"呆"不住的理由吧。若果如此,我倒并不同意。在生活的诸般条件里列入必须看月亮一项,那是没有理由的。清旷的襟怀和高远的想象力未必定须由对月而养成。把仰望的双眼移注地面,同样可以收到修养上的

20

效益，而且更见切实。可是，我并非反对看月亮，只是说即使不看也没有什么关系罢了。

最好的月色我也曾看过。那时在福州的乡下，地当闽江一折的那个角上。某夜，靠着楼栏直望。闽江正在上潮，受着月光，成为水银的洪流。江岸诸山略微笼罩着雾气，呈现新样的姿态，不复是平日看惯的那几座山了。月亮高高停在天空，非常舒泰的样子。从江岸直到我的楼下是一大片沙坪，月光照着，茫然一白，但带一点青的意味。不知什么地方送来晚香玉的香气。也许是月亮的香气吧，我这么想。我胸中不起一切杂念，大约历一刻钟之久，才回转身来。看见蛎粉墙上印着我的身影，我于是重又意识到了我。

那样的月色如果能得再看几回，自然是愉悦的事情，虽然前面我说过"即使不看也没有什么关系"。

海上生明月

◎巴金

　　四围都静寂了。太阳也收敛了它最后的光芒。炎热的空气中开始有了凉意。微风掠过了万顷烟波。船像一只大鱼在这汪洋的海上游泳。突然间，一轮红黄色大圆镜似的满月从海上升了起来。这时并没有万丈光芒来护持它。它只是一面明亮的宝镜，而且并没有夺目的光辉。但是青天的一角却被它染成了杏红的颜色。看！天公画出了一幅何等优美的图画！它给人们的印象，要超过所有的人间名作。

　　这面大圆镜愈往上升便愈缩小，红色也愈淡，不久它到了半天，就成了一轮皓月。这时上面有无际的青天，下面有无涯的碧海，我们这小小的孤舟真可以比作沧海的一粟。不消说，悬挂在天空的月轮月月依然，年年如此。而我们这些旅客，在这海上却只是暂时的过客罢了。

　　与晚风、明月为友，这种趣味是不能用文字描写的。可是真正能够做到与晚风、明月为友的，就只有那些以海为家的人！我虽不能以海为家，但做了一个海上的过客，也是幸事。

　　上船以来见过几次海上的明月。最难忘的就是最近的一夜。我们吃过晚餐后在舱面散步，忽然看见远远的一盏红灯挂在一个石壁上面。这红灯并不亮。后来船走了许久，这盏石壁上的灯还是在原处。难道船没有走么？但是我们明明看见船在走。后来这个闷葫芦终于给打破了。红灯渐渐地大起来,成了一面圆镜,腰间绕着一根黑带。它不断地向上升,突破了黑云,到了半天。我才知道这是一轮明月,先前被我认为石壁的,乃是层层的黑云。

威尼斯之月

◎徐讦

中国流传着的有一个骂留学生的故事，说是："有一个留学生回国后，常常说中国一切都不及外国。有一次，他父亲在赏月，他在旁边又说中国的月亮还没有威尼斯好；他父亲一气，给了他一个耳光，问他：'中国的耳光也不及外国么？……'"

故事讲到这里，大家都笑了；一直到现在似乎还没有人把这个到底月儿哪里好的问题精确地答复过，或者大家以为这问题太简单太小，所以也就不再想下去了。

其实听这个故事的人，或者也听见过许多留学生说中国不及外国的，可是并不见得发笑；听到这故事里所谓"中国的月亮还没有威尼斯好"，恐怕也不见得会发笑，发笑的地方则是在收尾的"中国的耳光难道也不及外国么？"一句上。所以说"中国的月亮不及威尼斯的"，或者不是一句轻易可以打他耳光的话，打耳光的原因，恐怕还在他"常常说外国好"之故。

可是也有人是听到"中国的月亮是没有威尼斯好"就笑了，他以为"千里共婵娟"，天下的月亮原只有一个，绝对不应当把二地的月亮来作比较的。其实这个想法是粗浅的，月亮固然只有一个，可是因为背景与环境的不同，好坏的分别是显然的；一点用不着用威尼斯的月儿与中国比，也用不着把西湖的月儿同上海比，我们只要把上海晒台上的月儿同兆丰公园相比，或者把北平胡同里的月儿同北海公园相比，我们就可以知道同一个月儿在不同的背景中的确有好坏的不同，如果有人不能将胡同里的月儿同北海公园的月儿分出好坏，或不能将晒台上的月儿与兆丰公园的月儿分出好坏，那么他不是天文学家就是疯子，我想不需要对他们再将这问题讲下去的。

可是，光是这些条件，还不能说是兆丰公园北海公园里的月儿一定比晒台上或胡同里好，因为这里还有心境的不同，一个人亲友死尽，穷途末路流落在北平，百无聊赖地在北海公园里走，无论月儿多么好，如果他回忆到前些年在一个小院落里亲友聚饮时头上的月儿，他会觉得北海公园的月儿是远不及狭窄的小院落了。如果一个失恋的青年在兆丰公园里散步，他一定也会觉得兆丰公园的月儿远不及去年与他爱人在晒台上谈情时为好的。

天下的事情都有主观。时间原一样快，可是赶火车时刻时我们会感到时间过得太快，在车站等火车时我们又会觉得时间过得太慢的；在同一距离间走路，有兴趣我们会觉得近，无兴趣我们会觉得远。所以对于同一个月亮可以下这许多不同的判断，这是一件很合理的事情。因此对于威尼斯的月儿如何，问故事中这个"常常说外国好"的留学生不可靠，问任何人都是不可靠的。可是我们平心静气把这主观的感情暂时撇开，纯粹立在美的鉴赏上讲，我们到底也可以有一个比较客观的见解的，固然不能如我们对于空间与时间的距离的理解一样，因为这不是这样计算上的事情了。

威尼斯的月儿之好处第一是因为威尼斯是水城，到处是水，河道就是街道，可是以水而论，中国有水的地方正多，固然不是水城,所以船在西湖水上走,与在威尼斯水上走,在水方面对月儿是看不到什么不同的。第二个好处是因为威尼斯的建筑。威尼斯有许多有名的建筑,这些建筑有些都是罗马建筑的代表,屋顶有许多雕塑的装饰,月儿升起落下,都有个陪衬。第三是他们到处有铜像与石像,这些铜像与石像是意大利专长的东西,高矗天际,好像是月儿的守卫。第四是这些伟大的建筑以及铜像与石像随处都映在水里,与月儿在水中作伴。

有这些特殊的环境,威尼斯的月儿能够被大家记住,这不是偶然的。

要说到中国,这样大的地方,也很难举出一个代表的地方来,不过以建筑论,中国的建筑也是欧洲所没有的,我们虽然及不了他们伟大与富丽,但像颐和园北海这种建筑,我想也许是比他们堂皇与大方。像三潭印月平湖秋月这种构造也是比他们佳秀而幽美的。

月儿处在堂皇大方,或清秀幽美的背景中,与处在富丽伟大的背景中,其所呈露的完全是二种美,正如一个美女的浓妆与淡抹,打扮得华丽或打扮得高贵,穿西装或者穿中装,我们是很难把二者死板地来比较,只可以说一点,这美女个性的相宜与我们旁观者的爱好。

我在海洋中看了很久的月儿,我觉得那才是她的本身,同在别处比起来,她好像是裸体的原像了。

以这裸体的原像来看,她有海天的背景,云彩的点缀,在她已经是够美了。可是现在我们一定要给他二种打扮,一种是中国的,一种是威尼斯的。哪一种合式,那似乎要看哪一种不太掩去她自然的美点才对。

以艺术而论，我觉得中国艺术是以艺术牵就自然，而西洋艺术是以自然牵就艺术的。中国艺术常常帮助人去了解自然，我们看山水画更知道山水的清幽或奇伟，看画竹，更知道竹的风姿或动态，看画紫藤更觉得紫藤的缠绵或活力；这种清幽或奇伟，风姿或动态，缠绵或活力都因画家的作风而异，可是其所表现自然的个性只是一样的，固然这个性有方向的不同。可是西洋画则总是把自然曲解了用到艺术中来，借自然来表现艺术，叫人从自然了解艺术，这一种趋势在近代印象派立体派等尤其表现得明显，就是中世纪的画，如教堂的玻璃窗上那些装饰气味，都是曲解了自然来收它艺术的效果的。

中国建筑，最讲究是风水，风水这东西以后流于迷信，其实起源怕还是出于与自然的关系。现在科学上有一种放射线的发现，以为宇宙有许多放射线，多触到这放射线的可以死，可以毁坏，可以萎颓，中国的风水似乎也近乎避免这种放射线的一种直觉的观察，可是这种与科学暗合的直觉的东西，正如中国医药一样，是另一方面的关系，但是其与自然的关系，我想此外还要一种是属于美的。西洋的建筑只讲究建筑本身的美，花草在建筑中也只是布置的附属品。中国人则随时要关念到自然，要享受一点自然的情趣。在中国的诗词中有说不尽的关于月儿与纱窗与帘栊的吟诵，为了菊，为了竹，不打瓦墙而打篱笆，为了一些树，一些花，一堆土山，不筑砖亭而架茅亭，这些都是以建筑牵就自然的地方。像西洋公园里，把大树种得像军队的检阅，把小树剪成驼背的拉屎，这种不成情理的弯曲自然，在中国是绝对没有的。中国也有把梅花做成古拙的盆装，但目的是求其曲折，求其与野地生长的古梅一样，不是求其与几何形相一致的。记得陆放翁(?)有一句"留得残荷听雨声"诗,这种诗情是西洋诗中寻不出的;可是在中国,是很易寻到,我现在手头无书,不能一一例举,但中国诗人为要鉴赏自然的声色的企图,在这句诗里已是充分表现到了。

所以月儿在威尼斯,在懂得中国月儿的人们看来,只感到这些有名的雕塑之铜像石像,好像是故意派到天空逼这位自然天真的姑娘,下来到她们惊人的圣马克教堂里来同一位王子或者铁腕公爵结婚般的,这只是使人看到它热闹与拥挤,而忘却了她本身的美丽,正如在上海看"大出丧",我们看见了它的阔绰与热闹,而其真正死者的可哀则反而使我们忘却一样。但是在不懂这月儿的个性的人们,把这热闹与拥挤当作她的美来颂扬时,我们是没有什么话可以对他说的。

因为中国物质方面落后,留学生到外国来的,五花八门一看,弄得莫名其妙的,也不止称赞威尼斯月儿一件事。

实在说,威尼斯的月儿好于中国,圆于中国,都还不是可笑的代表。可笑的故事应当是这样说的:"一个留学生的父亲要赏月了,留学生问:'难道中国也有月亮么?'于是做父亲的给他一个耳光:'知道么? 儿子,我想你还不知道中国也有耳光的。'"但是这故事还是一点没有过分。我听到一个学化学的同学告诉我,说有中国学生居然问他"中国也有大学么?""中国也有化学系么?""中国也有中国人教化学么?"……一类的问句。有一个学社会科学的人,居然说:"中国大学读的书都没有用,这里是读一本就可以用一本的。"这些不是中学就出来的孩子,就是最野鸡大学出来的学生。自然这里面有不少的例外,但是像这样的人实在太多了。

大学生如果只求毕业与文凭,在外国,许多学校与中国二三流的大学都是一样,也只是读一点讲义或一本书而已。外国比中国好的地方是关于专题的研究时可以有专门的教授与书籍给你帮助。那些为读一个毕业或学位,看一二本普通功课上的书,就以为中国办不到看不到的天书,那是一件极笑话的事情;把这些笑话让我们听到也不过一笑,可是在异国别人听来,他们真以为中国是与非洲腹地一般的地方了,所以自从我听到这些中国学生对于本国的侮蔑,我对于许多西洋人对于中国的误解,就有了最宽惠的原谅。

西洋比中国进步的地方,我并不是不承认,但这只是"进步"与"落后"的分别,只要中国努力,随时都可以赶上;决不是注定的好坏,更不是西洋人种比中国人种有高低优劣之分,同时,我们还应当知道文明的进步是多方面的,并不因为某处比我们好,就处处比我们高,人人比我们强了。

记得有一次,一个言语学校教员谈到礼貌,座中有中日英美的同学,问到一位中国同学,他居然羞着说中国旧式女子的行礼,这引起了我非常的难过。

中国男子的拱手与西洋的握手,中国女子过去的屈腰打揖与西洋过去的屈身,虽然姿势不同,但其意义与作用,完全一样。西洋的握手来源,始于古时武器时代,男子去了手套,把手交给对方,表示我不是来杀你的意思,中国的拱手我想也是一样,所以把手拱在一起以示对方;或者是由两手执进见之佩玉蜕化而来,是一种敬意。至于女子,二者更是一样地表示我听你唤使之意而已。在这毫无分别的礼貌中,难道因为西洋的飞机比中国多一点,因而握手就可以比拱手为文明么?

在前几年的报上,记得一个新闻,说到教皇登位,来握手庆贺者太多,一天中伤了二双手,规定第二天起以吻衣袂为代替。我当时看了,深感到拱手的优点。其他疾病细菌的传染更不用说了。在巴黎，一进饭馆就要握十来双手，有的正吃着排肉，一手是油，有的工作方罢，汗腻满手。你坐下刚在吃面包，厕所里出来朋友，拼命同你拉，等你喝了汤，刚刚恢复了一点体温，外面来了朋友，伸一双冰手又叫你握；真令人不堪设想。其他马路上相遇，脱手套握手，因而遗失手套，或者你手上拿着书籍，更有些狼狈不堪。所以以利害论，西洋握手也不及中国拱手，难道西洋多一点烟囱，我们就觉得拱手是比握手野蛮吗？

　　这不过是一个小例，其实像这样的事情正多。中国孩子们看见西洋的建设，就着提起中国五六千年来的文化；看了一本四五流的恋爱小说，就着提起中国历史上的名著；看见西洋有胡子的，拿着画笔的，捧着提琴的人就以为都是科学家艺术家，这到底是什么样的心理？

　　中国现在需要物质建设，不断地派留学生到外国学技术来，可是有的只学会跳舞，回国以后以跳舞结交贵人，做起工程师来，有的学了一身本领，到中国看看，办事不能顺手，觉得需要拍马屁比需要技术为多，心灰意懒，去坐冷板凳去教中学数学了。有的回到中国，看看这样讨厌，那样不合适，工厂太小，月亮太不圆，一身本领，又不愿施展起来。这些都是事实。我觉中国第一要政治上轨道，少几个技术人员，请几个外国真真好的不是什么耻事。中国现在也用外国的技术人员，但又不是第一流的，中国人中，比他们好的不少，但现在还要屈居在他们的下面，这也是事实。据我所知，中国事情一到中国人手里，就需要拍马的周旋，否则经费与材料随时可以领不到，使你工程上事情耽误得费时而费钱起来，一到外国人手中，中国机关都唯命是听，所以他们容易办事，这也是事实。有一个

30

留学生在巴黎研究中国艺术史,初听到我们当会奇怪,中国艺术史难道也会在巴黎吗? 可是据他告诉我说,外国人搜集材料远比中国多而整齐,这因为外国人在中国,比中国人在中国搜集方便得多,他们随便什么人请领事馆写封介绍信都可以在中国人难到的地方照相。中国不给研究艺术史的中国人方便,而给做买卖的外国人方便,结果还要让中国学生用许多钱到外国来学习中国东西。这难道也是合理的吗?

我觉得这些情形,都是前后那群幼稚可怜的留学生之故,那群前期留学生,现在已抱着羞视中国,妄信外国的心理在做官了,已使中国社会陷于上述畸形的状态中。而现在中国还在制造这样的留学生。记得前些年有一件事情,是褚民谊先生带法国爬行汽车到西北去,他们野蛮低能的军官,每辱中国同去的很有成绩的大学生,因而起了冲突。这就因为褚先生把他们低能的军官看作高于中国大学生的学者之故。这样的例子用不着一一列举,到现在,我们还是随处可以观察到与感到的。

去年国内有些学者有一个讨论,到底中国完全接受西洋文化呢,还是建设中国本位文化? 这个讨论没有什么大结果。实在说,许多人,许多读者对于所讨论的具体的文化概念还没有弄明白。到底所说的西洋文化是指哲学的大树,文艺上的花朵,还是指高跟鞋与物质的建设呢? 所说的中国文化本位又是些什么? 是伦理,是艺术,还是一般的习惯? 如果所指的是一般的文化,那说到底,不过是经济组织的产物,当时就有一位加入讨论的作者提到这个问题,说文化原是整个的,物质的建设同时也带来了跳舞与高跟鞋。那么何不把问题弄成简单一点,说是把中国资本主义社会化好了。所谓中国本位文化论者以为中国完全同西洋一样的发展,国家本有的中心因而会没有,其实这是过虑的,胡适之先生说到民族有民族的堕性,当全盘西洋文化来的时候,他自然而然会化为特有形态。这句话是的确是解决了中国文化论者的忧虑,日本的维新就是一个借镜,在他们完全欧化以后,日本的本位还是存在的。

但是话要说回来了,在这些文化本位论者,完全欧化论者外,还有一种人,他们似乎是全盘欧化论者,而实际上自己以为是外国人东洋人而看轻中国人的,他们是主张在虎爪之下做臣奴与玩物的人们,他们或者以为猫对于耗子只是玩玩而不是想吃,虽然是苟延残喘,而终可以在他们主子下生存的。这种人他们怕刀枪与血色。他们也怕逃避,以为逃避有遭杀戮之危,他们愿意中国做殖民地,以为在别人的治下,对于他的本领,他的所学,可以有充分的发展机会,以为在别人治下,医院一定发达,他因而可以做医院院长(假如他是医生),以为在别人治下,工业一定发达,他可以做厂长(假如他是工程师),以为在经济与别人合作后,国家资本一定复兴,他可以做银行行长(假如他是经济研究者)。这般人是求中国殖民地的安逸的,是把中国现在猫抓耗子的情形,看作富翁娶姨太太的玩意。为求安逸而做姨太太已够低能,可是事实上只做了玩厌了被杀戮的耗子,这就是这群人。这群人来源,其意识之雏形,正是不懂中国的一切而羞视中国的一切,不懂外国的一切而妄崇拜外国的一切的人。日子一多,他们觉得说中国话也是一件耻事,写中国字也是一件耻事,忘其所以,以为自己也是外国人了,对镜一看,悔恨其发不黄而眼不蓝也。

中国有三四流文人们把西洋第三四流作品,妄比杜甫与李白,中国有低能的自名为艺术家的人们,把国外的蜡人馆之类,作为艺术杰作来颂扬;把美国大学里一本教科书作为政治的法宝,欧洲一块碎试管作为化学的顶峰,到中国后样样以外国欺骗中国的读者与青年,这同故事中的留学生没有什么不同的。这都是怀疑中国的天空也有月亮的人,这都是愿把中国作为猫的姨太太的意识雏形。而这类人,中国实在太多了,在位者有之,在野者有之,在国外者还源源不绝而有之。

难道,这凄艳的颐和园的月儿,真要异国的诗人与艺术家来了解吗?

1936 年 12 月 1 日

金字塔夜月

◎杨朔

听埃及朋友说,金字塔的夜月,朦朦胧胧的,仿佛是富有幻想的梦境。我去,却不是为的寻梦,倒想亲自多摸摸这个民族的活生生的历史。

白天里,游客多,趣味也杂。有人喜欢骑上备着花鞍子的阿拉伯骆驼,绕着金字塔和人面狮身的司芬克斯大石像转一转;也有人愿意花费几个钱,看那矫健的埃及人能不出十分钟嗖嗖爬上爬下四百五十英尺高的金字塔。这种种风光,热闹自然热闹,但总不及夜晚的金字塔来得迷人。

我去的那晚上,乍一到,未免不巧,黑沉沉的,竟不见月亮的消息。金字塔仿佛溶化了似的,溶到又深又浓的夜色里去,临到跟前才能看清轮廓。塔身全是一庹多长的大石头垒起来的。顺着石头爬上几层,远远眺望着灯火点点的开罗夜市,不觉引起我一种茫茫的情思。白天我也曾来过,还钻进塔里,顺着一条石廊往上爬,直钻进半腰的塔心里去,那儿就是当年放埃及王"法老"石棺的所在。空棺犹存,却早已残缺不堪。今夜我攀上金字塔,细细抚摸那沾着古埃及人民汗渍的大石头,不能不从内心发出连连的惊叹。试想想,五千多年前,埃及人民究竟用什么鬼斧神工,创造出这样一座古今奇迹? 我一时觉得:金字塔里藏的不是什么"法老"的石棺,却是埃及人民无限惊人的智慧;金字塔也不是什么"法老"的陵墓,却是这个民族精神的化身。

晚风从沙漠深处吹来,微微有点凉。幸好金字塔前有座幽静的花园,露天摆着些干净座位,卖茶卖水。我约会几位同去的朋友进去叫了几杯土耳其热咖啡,喝着,一面谈心。灯影里,照见四处散立着好几尊石像。我凑到一尊跟前细瞅了瞅,古色古香的,猜想是古帝王的刻像,便抚着石像的肩膀笑问道:"你多大年纪啦?"

那位埃及朋友从一旁笑应道:"三千岁啦。"

我又抚摸着另一尊石像问:"你呢?"

埃及朋友说:"我还年轻,才一千岁。"

我笑起来:"好啊,你们这把年纪,好歹都可以算做埃及历史的见证人。"

埃及朋友说:"要论见证人,首先该推司芬克斯先生,五千年了,什么没经历过?"

旁边传来一阵放浪的笑声。这时我们才留意到在一所玻璃房子里坐着几个白种人,正围着桌子喝酒,张牙舞爪的,都有点醉意。

埃及朋友故意干咳两声,悄悄对我说:"都是些美国商人。"

我问道:"做什么买卖的?"

埃及朋友一瘪嘴说:"左右不过是贩卖原子弹的!"

于是我问道:"你们说原子弹能不能毁了金字塔?"

同游的日本朋友吃过原子弹的亏,应道:"怎么不能? 一下子什么都完了。"

话刚说到这儿,有人喊:"月亮上来了。"

好大的一轮,颜色不红不黄的,可惜缺了点边儿,不知几时从天边爬出来。我们就去踏月。

月亮一露面,满天的星星惊散了。远近几座金字塔都从夜色里透出来,背衬着暗蓝色的天空,显得又庄严,又平静。往远处一望那利比亚沙漠,笼着月色,雾茫茫的,好静啊,听不见一星半点动静,只有三两点夜火,隐隐约约闪着亮光。一恍惚,我觉得自己好像走进埃及远古的历史里去,眼前正是一片世纪前的荒漠。

而那个凝视着埃及历史的司芬克斯正卧在我的面前。月亮地里,这个一百八十多英尺长的人面狮身大物件显得那么安静,又那么驯熟。都说,它脸上的表情特别神秘,永远是个猜不透的谜。天荒地老,它究竟藏着什么难言的心事呢?

背后忽然有人轻轻问:"你看什么啊?"

我一回头,发现有两个埃及人,不知几时来到我的身边。一个年纪很老了,拖着件花袍子;另一个又黑又胖,两只眼睛闪着绿火,紧端量我。一辨清我的眉目,黑胖子赶紧说:"是周恩来的人么? 看吧,看吧。我们都是看守,怕晚间有人破坏。"

拖花袍子的老看守也接口轻轻说:"你别多心,是得防备有人破坏啊。这许许多多年,司芬克斯受的磨难,比什么人不深? 你不见它的鼻子么? 受伤了。当年拿破仑的军队侵占埃及后,说司芬克斯的脸神是有意向他们挑战,就开了枪。再后来,也常有外国游客,从它身上砸点石头带走,说是可以有好运道。你不知道,司芬克斯还会哭呢。是我父亲告诉我的。也是个有月亮的晚上,我父亲从市上回来得晚,忽然发现司芬克斯的眼睛发亮,就近一瞧,原来含着泪呢。也有人说含的是露水。管他呢。反正司芬克斯要是有心,看见埃及人受的苦楚这样深，也应该落泪的。"

我就问："你父亲也是看守么？"

老看守说："从我祖父起，就守卫着这物件，前后有一百二十年了。"

"你儿子还要守卫下去吧？"

老看守转过脸去，迎着月光，眼睛好像有点发亮，接着咽口唾沫说："我儿子不再守卫这个，他守卫祖国去了。"

旁边一个高坡上影影绰绰走下一群黑影来，又笑又唱。老看守说："我看看去。"便走了。

黑胖子对着我的耳朵悄悄说："别再问他这个。他儿子已经在塞得港的战斗里牺牲了，他也知道，可是从来不肯说儿子死了，只当儿子还活着……"

黑胖子话没说完，一下子停住，又咳嗽一声，提醒我老看守已经回来。

老看守嘟嘟囔囔说："不用弄神弄鬼的，你当我猜不到你讲什么？"又望着我说："古时候，埃及人最相信未来，认为人死后，才是生命的开始，所以有的棺材上画着眼睛，可以从棺材里望着世界。于今谁都不会相信这个。不过有一种人，死得有价值，死后人都记着他，他的死倒是真生。"

高坡上下来的那群黑影摇摇晃晃的，要往司芬克斯跟前凑。老看守含着怒气说："这伙美国醉鬼！看着他们，别教他们破坏什么。"黑胖子便应声走过去。

我想起什么，故意问道："你说原子弹能不能破坏埃及的历史？"

老看守瞪了我一眼，接着笑笑说："什么？还有东西能破坏历史么？"

我便对日本朋友笑着说："对了。原子弹毁不了埃及的历史，就永远也毁不了金字塔。"

　　老看守也不理会这些，指着司芬克斯对我说："想看，再细看看吧。一整块大石头刻出来的，了不起呀。"

　　我便问道："都说司芬克斯的脸上含着个谜语，到底是什么谜呢？"

　　老看守却像没听见，径自比手划脚说："你再看：他面向东方，五千年了，天天期待着日出。"

　　这几句话好像一把帘钩，轻轻挂起遮在我眼前的帘幕。我再望望司芬克斯，那脸上的神情实在一点都不神秘，只是在殷切地期待着什么。它期待的正是东方的日出，这日出是已经照到埃及的历史上了。

1957 年

满亭星月

◎余光中

关山西向的观海亭,架空临远,不但梁柱工整,翼然有盖,而且有长台伸入露天,台板踏出古拙的音响,不愧为西望第一亭。首次登亭,天色已晚,阴云四布,日月星辰一概失踪,海,当然还在下面,浩瀚可观。再次登亭,不但日月双圆,而且满载一亭的星光。小小一座亭子,竟然坐览沧海之大,天象之奇,不可不记。

那一天重到关山,已晡未暝,一抹横天的灰霭遮住了落日。亭下的土场上停满了汽车、机车,还有一辆游览巴士。再看亭上,更是人影杂沓,衬着远空。落日还没落,我们的心却沉落了。从高雄南下的途中,天气先阴后晴,我早就担心那小亭有人先登,还被宓宓笑为患得患失。但眼前这小亭客满的一幕,远超过我的预期。

同来的四人尽皆失望,只好暂时避开亭子,走向左侧的一处悬崖,观望一下。在荒苇乱草之间,宓宓和钟玲各自支起三脚高架,调整镜头,只等太阳从霭幕之后露脸。摄影,是她们的新好癖(hobby),颇受高岛的鼓舞。两人弯腰就架,向寸镜之中去安排长天与远海,准备用一条水平线去捕落日。那姿势,有如两只埋首的鸵鸟。我和维樑则徘徊于鸵鸟之间,时或踌躇崖际,下窥一落百尺的峭壁与峻坡,尝尝危险边缘的股栗滋味。

暮霭开处，落日的火轮垂垂下坠，那颜色，介于橘红之间，因为未能断然挣脱霭氛，光彩并不十分夺目，火轮也未见剧烈滚动。但所有西望的眼睛却够兴奋的了。两只鸵鸟连忙捕捉这名贵的一瞬，亭上的人影也骚动起来。十几分钟后，那一球橘红还来不及变成酡红，又被海上渐浓的灰霭遮拥而去。这匆匆的告别式不能算是高潮，但黄昏的主角毕竟谢过幕了。

"这就是所谓的关山落日。"宓宓对维樑说。

"西子湾的落日比这壮丽多了，"我说，"又红又圆，达于美的饱和。就当着你面，一截截，被海平面削去。最后一截也沉没的那一瞬，真恐怖，宇宙像顿然无主。"

"你看太阳都下去了，"钟玲怨道，"那些人还不走。"

"不用着急。"我笑笑说，"再多的英雄豪杰，日落之后，都会被历史召去。就像户外的顽童一样，最后，总要被妈妈叫回去吃晚饭的。"

于是我们互相安慰，说晚饭的时间一到，不怕亭上客不相继离开。万一有人带了野餐来呢？"不会的，亭上没有灯，怎么吃呢？"

灰霭变成一抹红霞，烧了不久，火势就弱了下去。夜色像一只隐形的大蜘蛛在织网，一层层暗了下来。游览巴士一声吼，亭上的人影晃动，几乎散了一半。接着是机车暴烈的发作，一辆尾衔着一辆，也都窜走了。扰攘了一阵之后，奇迹似的，留下一座空亭给我们。

一座空亭，加上更空的天和海，和崖下的几里黑岸。

我们接下了亭子，与海天相通的空亭，也就接下了茫茫的夜色。整个宇宙暗下来，只为了突出一颗黄昏星吗？

"你看那颗星，"我指着海上大约二十度的仰角，"好亮啊，一定是黄昏星了。比天狼星还亮。"

"像是为落日送行。"钟玲说。

"又像夸父在追日。"维樑说。

"黄昏星是黄昏的耳环，"宓宓不胜羡慕，"要是能摘来戴一夜就好了。"

"落日去后，留下晚霞。"我说，"晚霞去后，留下众星。众星去后——"

"你们听，海潮。"宓宓打断我的话。

一百五十公尺之下，半里多路的岸外，传来浑厚而深沉的潮声，大约每隔二十几秒钟就退而复来，那间歇的骚响，说不出海究竟是在叹气，或是在打鼾，总之那样的肺活量令人惊骇。更说不出那究竟是音乐还是噪音，无论如何，那野性的单调却非常耐听。当你侧耳，那声音里隐隐可以参禅，悟道，天机若有所示。而当你无心听时，那声音就和寂静浑然合为一体，可以充耳不闻。现代人的耳朵饱受机器噪音的千灾百劫，无所逃于都市之网；甚至电影与电视的原野镜头，也躲不过粗糙而嚣张的配音。录音技巧这么精进，为什么没有人把海潮的天籁或是青蛙、蟋蟀的歌声制成录音带，让向往自然而不得亲近的人在似真似幻中陶然入梦呢？

正在出神，一道强光横里扫来，接着是车轮辗地的声音，高岛来了。

"你真是准时，高岛。"钟玲走下木梯去迎接来人。

"正好六点半。"宓宓也跟下去。"晚餐买来了吗？"

两个女人帮高岛把晚餐搬入亭来。我把高岛介绍给维樑。大家七手八脚在亭中的长方木桌上布置食品和餐具，高岛则点亮了强力瓦斯灯,用一条宽宽的帆布带吊在横梁上。大家在长条凳上相对坐定,兴奋地吃起晚餐来。原来每个人两盒便当,一盒是热腾腾的白饭,另一盒则是排骨肉、卤蛋和咸菜。高岛照例取出白兰地来,为每人斟了一杯。不久,大家都有点脸红了。

"你说六点半到就六点半到,真是守时。"我向高岛敬酒。

"我五点钟才买好便当从高雄出发呢!"高岛说着,得意地呵呵大笑。"一个半钟头就到了。"

"当心超速罚款。"宓宓说。

"台湾的公路真好,"维樑喝一口酒说,"南下垦丁的沿海公路四线来去,简直就是高速大道,岂不是引诱人超速吗?"

"这高雄以南渐入佳境,可说是另成天地。"我自鸣得意了,"等明天你去过佳乐水、跳过迷石阵再说。你回去后,应该游说述先、锡华、朱立他们,下次一起来游垦丁。"

高岛点燃瓦斯灯,煮起功夫茶来。大家都饱了,便起来四处走动。终于都靠在面西的木栏杆上,茫然对着空无的台湾海峡。黄昏星更低了,柔亮的金芒贴近水面。

"那颗星那样回顾着我们,"钟玲近乎叹息地说,"一定有它的用意,只是我们看不透。"

"你们看,"宓宓说,"黄昏星的下面,海水有淡幽幽的倒影。喏,飘飘忽忽的,若有若无,像曳着一条反光的尾巴——"

"真的。"我说着,向海面定神地望了一会儿。"那是因为今晚没风,海面平静,倒影才稳定成串。要是有风浪,就乱掉了。"

不知是谁"咦"的一声轻微的惊诧,引得大家一起仰面。

天哪,竟然有那么多星,神手布棋一样一下子就布满了整个黑洞洞的夜空,斑斑斓斓那么多的光芒,交相映照,闪动着恢恢天网的,喔,当顶罩来的一丛丛银辉。是谁那么阔,那么气派,夜夜,在他的大穹顶下千蕊吊灯一般亮起那许多的星座?而尤其令人惊骇莫名的,是那许多猬聚的银辉金芒,看起来热烈,听起来却冷清。那么宏观,唉,壮丽的一大启示,却如此静静地向你开展。明明是发生许多奇迹了,发生在那么深长的空间,在全世界所有的塔尖上屋顶上旗杆上,却若无其事地一声也不出。因为这才是永谜的面具,宇宙的表情,果真造物有主,就必然在其间或者其后了吧。这就是至终无上的图案,一切的封面也是封底,只有它才是不朽的,和它相比,世间的所谓千古杰作算什么呢?在我生前,千万万年,它就是那样子了,而且一直会保持那样子,到我死后,复千万万年。此事不可思议,思之令人战栗而发癫。

"从来没有见过这么多星。"宓宓呆了半晌说道。

"这亭子又高又空,周围几里路什么灯也没有,"高岛煮好茶,也走来露台上,"所以该见到的星都出现了。我有时一个人躺在海边的大平石上仰头看星,啊,令人晕眩呢。"

"啊流星——"宓宓失声惊呼。

"我也看到了!"维樑也叫道。

"不可思议。"钟玲说,"这星空永远看不懂,猜不透,却永远耐看。"

"你知道吗?"我说,"这满天星斗并列在夜空,像是同一块大黑板上的斑斑白点,其实,有的是远客,有的是近邻。这只是比较而言,所谓近邻,至少也在四个光年以外——"

"四个光年?"高岛问。

"就是光在空间奔跑四年的距离。"维樑说。

"太阳光射到我们眼里,大约八分钟,照算好了。"我说,"至于远客,那往往离我们几百甚至几千光年。也就是说,眼前这些众星灿以繁,虽然同时出现,它们的光向我们投来,却长短参差,先后有别。譬如那天狼星吧,我们此刻看见的其实是它八年半以前的样子。远的星光,早在李白的甚至老子的时代就动身飞来了——"

"哎哟,不可思议!"钟玲叹道。

"那一颗是天狼星吧?"维樑指着东南方大约四十多度的仰角说。

"对啊。"宓宓说,"再上去就是猎户座了。"

"究竟猎户座是哪些星?"钟玲说。

"喏,那三颗一排,距离相等,就是猎人的腰带。"宓宓说。

"跟它们这一排直交而等距的两颗一等星,"我说,"一左一右,气象最显赫的是,你看,左边的参宿四和右边的参宿七——"

"参商不相见。"维樑笑道。

"哪里是参宿四?"钟玲急了,"怎么找不到?"

"喏,红的那颗。"我说。

"参宿七呢?"钟玲说。

"右边那颗,青闪闪的。"宓宓说。

"青白而晶明,英文叫 Rigel,海明威在《老人与海》里特别写过。喏,你拿望远镜去看。"

钟玲举镜搜索了一会儿,格格笑道:"镜头晃来晃去,所有的星全像虫子一样扭动,真滑稽!到底在哪——喔,找到了!

像宝石一样，一红、一蓝。那颗艳红的，呃，参宿四，一定是火热吧？"

"恰恰相反。"我笑起来，"红星是氧气烧光的结果，算是晚年了。蓝星却是旺盛的壮年。太阳已经中年了，所以发金黄的光。"

"有没有这回事啊？"宓宓将信将疑。

"骗人！"钟玲也笑起来。

"信不信随你们，自己可以去查天文书啊。"我说，"喏，天顶心就有一颗赫赫的橘红色一等星，绰号金牛眼，the Bull's Eye。看见了没？不用望远镜，只凭肉眼也看得见的——"

"就在正头顶，"维樑说，"鲜艳极了。"

"这金牛的红眼火睛英文叫 Aldebaran，是阿拉伯人给取的名字，意思是追踪者。Al 只是冠词，debaran 意为'追随'。阿拉伯人早就善观天文，西方不少星的名字就是从阿拉伯人来的。"

"据说埃及和阿拉伯的天文学都发达得很早。"维樑说。

"也许是沙漠里看星，特别清楚的关系。"宓宓说。

大家都笑了。

钟玲却说："有道理啊，空气好，又没有灯，像关山一样……不过，阿拉伯人为什么把金牛的火睛叫做追踪者呢？追什么呢？"

"追七姊妹呀。"我说。

"七姊妹在哪里？"高岛也感到兴趣了。

"就在金牛的前方。"我说，"喏，大致上从天狼星起，穿过猎户的三星腰带，画一条直线，贯穿金牛的火睛，再向前伸，就是七姊妹了——"

"为什么叫七姊妹呢?"两个女人最关心。

"传说原是巨人阿特力士和水神所生。七颗守在一堆,肉眼可见——"我说。

"啊,有了。"钟玲高兴地说,"可是——只见六颗。"高岛和维樑也说只见六颗。

"我见到七颗呢。"宓宓得意地说。

高岛向钟玲手里取过望远镜,向穹顶扫描。

"其中一颗是暗些。"我说,"据说有一个妹妹不很乖,射了起来——"

"又在即兴编造了。"宓宓笑骂道。

"真是冤枉。"我说,"自己不看书,反说别人乱编。其实,天文学入门的小册子不但有知性,更有感性,说的是光年外的事,却非常多情。我每次看,都感动不已——"

"啊,找到了,找到了!"高岛叫起来。"一大堆呢,岂止七颗,十几颗。啊,漂亮极了。"他说着,把望远镜又传给维樑。维樑看了一会儿,传给钟玲。

"颈子都扭酸了。"钟玲说,"我不看了。"

"进亭子里去喝茶吧。"宓宓说。

大家都回到亭里,围着厚笃笃的方木桌,喝起冻顶乌龙,嚼起花生来。夜凉逼人,岑寂里,只有陡坡下的珊瑚岩岸传来一阵阵潮音,像是海峡在梦中的脉搏,声动数里。黄昏星不见了,想是追落日而俱没,海峡上昏沉沉的。

"虽然冷下来了,幸好无风。"钟玲说。

忽然一道剽悍的巨光,瀑布反泻一般,从岸边斜扫上来,一下子将我们淹没。惊愕回顾之间,说时迟,那时快,又忽然

46

把光瀑猛收回去。

"是岸边的守卫。"从炫目中定过神来,高岛说。

"吓了我一跳。"钟玲笑道。

"以为我们是私枭吧,照我们一下。"宓宓说。

"要真是歹徒的话,"高岛纵声而笑,"啊,早就狼狈而逃了,还敢坐在这里喝冻顶乌龙?"

"也许他们是羡慕我们,或者只是打个招呼吧。"维樑说。

"其实他们可以用高倍的望远镜来监视我们,"宓宓说,"我们又不是——咦,你们看山上!"

大家齐回过头去。后面的岭顶,微明的天空把起伏参差的树影反托得颇为突出。天和山的接界,看得出有珠白的光从下面直泛上来,森森的树顶越来越显著了,夜色似有所待。

"月亮要出来了!"大家不约而同都叫起来。

"今天初几?"宓宓问。

"三天前是元宵,"维樑说,"——今天是十八。"

"那,月亮还是圆的,太好了。"钟玲高兴地说。

于是大家都盼望起来,情绪显然升高。岭上的白光越发涨泛了,一若脚灯已亮而主角犹未上场,令人兴奋地翘企。高岛索性把悬在梁上的瓦斯灯熄掉,准备迎月。不久,纠结的树影开出一道缺口,银光进溢之处,一线皎白,啊不,一弧清白冒了上来。

"出来了,出来了。"大家欢呼。

不负众望,一番腾滚之后终于跳出那赤露的冰轮。银白的寒光拂满我们一脸,直泻进亭子里来,所有的栏柱和桌凳都似乎浮在光波里。大家兴奋地拥向露天的长台,去迎接新生

月

的明月。钟玲把望远镜对着山头,调整镜片,窥起素娥的阴私来。宓宓赶快撑起三脚架,朝脉脉的清辉调弄相机。维樑不禁吟哦张九龄的句子:

灭烛怜光满,披衣觉露滋……

钟玲问我要不要"窥月",把望远镜递给了我。

"清楚得可怕,简直缺陷之美。"她说。

"不能多看。"宓宓警告大家,"虽然是月光,也会伤眼睛的。"

我把双筒对准了焦距,一球水晶晶的光芒忽然迎面滚来,那么硕大而逼真,当年在奔月的途中,嫦娥,一定也见过此景的吧?伸着颈,仰着头,手中的望远镜无法凝定,镜里的大冰球在茫茫清虚之中更显得飘浮而晃荡。就这么永远流放在太空,孤零零地旋转着荒凉与寂寞。日月并称,似乎匹配成一对。其实,地球是太阳的第三子,月球却是地球的独女,要算是太阳的孙女了。这羞怯的孙女,面容虽然光洁丰满,细看,近看,尤其在望远镜中,却是个麻脸美人——

"真像个雀斑美人。"宓宓对着三脚架顶的相机镜头赞叹道。

"对啊,一脸的雀斑。"我连忙附和,同时对刚才的评断感到太唐突素娥。

"古人就说成是桂影吧。"维樑说。

"今人说成是陨星穴和环形山。"我应道。

"其实呢,月亮是一面反光镜。"宓宓说。

"对呀,一面悬空的反光镜,把太阳的黄金翻译成白银。"钟玲接口。

48

"说得好! 说得好!"高岛纵声大笑。

"这望远镜好清楚啊,"我说,"简直一下子就飞纵到月亮的面前,再一纵就登上冰球了。要是李白有这么一架望远镜——"

"他一定兴奋得大叫起来!"维樑笑说。

"你看,在月光里站久了,"我说,"什么东西都显得好清楚。宋朝诗人苏舜钦说得好:'自视直欲见筋脉,无所逃遁鱼龙忧。'海上,一定也是一片空明了。"

"你们别尽对着山呀! 这边来看海!"宓宓在另一边栏杆旁叫大家。

空茫茫的海面,似有若无,流泛着一片淡淡的白光,照出庞然隆起的水弧。月亮虽然是太阳的回光返照,却无意忠于阳光。她所投射的影子只是一场梦。远远地在下方,台湾海峡笼在梦之面纱里,那么安宁,不能想象还有走私客和偷渡者出没在其间。

"你们看,海面上有一大片黑影。"宓宓说。

大家吓了一跳,连忙向水上去辨认。

"不是在海上,是岸上。"高岛说。

陡坡下面,黑漆漆的珊瑚礁岸上,染了一片薄薄的月光。但靠近坡脚下,影影绰绰,却可见一大片黑影,那起伏的轮廓十分暧昧。

"那是什么影子呢?"大家都迷惑了。

"——那是,啊,我知道了,"钟玲叫起来,"那是后面山头的影子!"

"毛茸茸的,是山头的树林。"宓宓说。

"那……我们的亭子呢?"维樑说。

月

　“让我挥挥手看。”高岛说着，把手伸进皎洁的月光，挥动起来。

　于是大家都伸出手臂，在造梦的月光里，向永不歇息的潮水挥舞起来。

1987 年 3 月 7 日

焦山望月

◎丁谛

住焦山数日,到定慧寺的大殿看过几回僧侣做早晚课,每日听山顶上撞幽冥钟声,耳朵边只是充满了梵器的音响和"南无阿弥陀佛"的法号,倏然尘外,惟与风帆沙鸟作伴,不闻"市声"仿佛已有多日了。

是旧历中元节的一天晚上,月光倍明,我们坐在华严阁的廊下,面对磨得光滑晶莹像白玉一样的石栏杆,脚也搁在上面,静无声息地看月亮。

焦山的月亮是有名的。因为它的位置在大江中心,正和小孤山同一形势。沿山的正面有许多精舍,为文殊阁、碧山庵、自然庵、松寥阁、海若庵等等。除了朝北的一排精舍因为给山阻隔了以外,邻江的一面随处可以见到江水。廊榭曲折处,江水也跟着曲折起来。凭栏而立,江水即在脚下。秋潮奔腾,顿成漩涡,愤怒地打击着几千年来未曾腐烂的石头,澎湃作响。月亮升起时,姗姗由江上飘起,就像一位洛神蒙着胭脂般的轻纱。晚霞红晕得同美人的两颊一样;霞彩照入江中,江水便织起红色和白色的图案来了。

虽然是在初秋的天气,静坐既久,却渐渐感觉着丝丝寒意。对过的圌山沉入黑阴中。空中时时飞出寒烟,连薄薄的轻云也有些凝寒欲冻的景象。我把手摸一下白石栏杆,异常

月

地寒冷滑腻。陡然我想起小杜的"烟笼寒水月笼沙"的诗句，觉得颇与此景仿佛。

长天一碧，月光照着山前的一片江，分外显得清寒逼人。白居易的《琵琶行》，说是"惟见江心秋月白"，真是描写得再像没有。本来看月须在江上，乐天先生所形容的月亮也就是指的浔阳江而言。其时，月光的皎洁难以比拟。除江面全给照白了以外，更由月的两旁，引下两条直线；这条依直觉估计约有数尺宽的瀑布似的光亮，比江面的月光还要白一些。因为这天是盂兰会的日子，有放荷花灯的。江上亮起星星的火光，连成一整排，齐在月光照着的江水上眨眼。有的纸卷上油力不足，一会儿便熄灭了。有的却熊熊然，跟着潮水飘流，一直飘到江心中去。对岸似乎也有人在做着这玩意儿，表面说是放给鬼看，其实却是给自己取乐的。我们看着这些灯忽明忽暗，正如暗示了一个曲线状的人生有悲喜剧的一样。

焦公祠的那边灯火隐约可见，我们知道这是放的瑜伽焰口已近散场时了。鼓声加急，木鱼也刻不停敲，听到这些凄瑟的声音，我的心简直要像冰一样冻了起来。万物都已入于寂灭了呵！除了梵器的伴着和尚的嘶哑声音以外，还有什么声息呢？

晚潮涨起了。汪洋的江水和日间差得太使我惊异。潮水的漩涡已经很急，而且又分成来去的两股，互相对流，"大江东去"，却何止"东去"呢？

我们的头仰视着天空。天空的乌云加多了，多得渐渐蔽住了中元的月亮。月亮逃了，但是逃到乌云的边际，大块的乌云又绵续地来了。终于月亮逃不过乌云的苦厄。

52

夜寒加重,而且也无月可看了。我们走下楼来,悄悄地背着寂寞的中元月,走进房里,头搁上枕头,听着滚滚的涛声,雄壮、古朴、幽闲,心境转入悠然的境地。

索溪的月亮

◎苏叶

　　洗了澡出来，房间和走廊里寂寥无声。人呢？据说都看香港的武打片去了。我真觉得不可思议。在这样清秀美丽的深山幽谷里，连吐口气都怕把它熏脏了，难道还要把那样的光怪陆离收到眼里、吃到胸中来吗？我不！

　　没有栏杆的阳台上，静静地坐着老前辈碧野的夫人，摇着小扇儿。她告诉我，今天是阴历六月十五。这么说，她也是个要看月亮而不看功夫片的？我笑了，她也笑了。赶来的叶梦和我都吃惊地发现，刚才还显得心事重重的峰峦，忽然有些骚动起来，仿佛在挪动一面薄纱。一会儿，在那边山坡茂密的枝丫后面，一轮满月，金黄金黄，像位绝代美人似的，撩开竹帘，姗姗地步入青庭院落之中……这样地娴静和大度！我们坐不住了，决定走，下山去。

　　路是迂环的，岩峰也有高低。因此月亮总是时隐时现。虽说长天如练，但山、路、树、草却是明一段，暗一段。走到明处，像饮着沁凉的酒；行到暗处，又觉得身在魔魅之中。就这样饮着，魔着，在不知名的夏虫如铜簧一般的鸣叫中，不觉已走了十几二十里山路。渐渐听到一重急切而又柔婉的无字的倾诉之声，穿岩漱石，幽咽而又执拗。在这样的深山！在这样的静夜！除了索溪，会有谁？——我的心跳快了，紧走几步，果然间山开树闪,只见明月高悬,一架木桥躺在朗朗的月光下,仿佛睡去了。而那白天裸露在阳光里的清洌的索溪啊,此刻好像羞怯起来了,想用两岸的山影和水中坎坷的乱石掩盖住自己的秀体。但哪里遮盖得住!只见浅滩上、石块上、岩缝间,这里、那里,随着汩汩的水声,流滑着一片片清秀的波光。阴影越重的地方,越是亮斑点点,如精灵跳跃,分不清究竟是月色还是水色……

"下去吧?"叶梦指着溪中一块半明半暗的大黄石,悄声说。

"下去。当然下去。"我也悄声地回答。

在银子与墨玉交融的光影里,我们踩着水与石头,坐在了岩板上。望望叶梦,痴了一般,只管仰着脑袋。那一脉乌黑的秀发从肩头蜿蜒而下,垂到腰际,使我忽然想起湘君的神逸来。再望望岸那边蓬蓬的芭茅草,在月辉中晃着一枚枚银灰色的丝穗,像素色旗幡上的流苏,透着些悲怆的味道。也不知是否尧舜的雄风刚从那穗尖上吹过?一只宿鸟"嘎"的一声,掠起水光,扑到黑沉沉的山影中去了。月儿不出声地走着,看不见她的来路与归处。

我大约也早就呆了。话自然已经没有,连呼吸都是多余。觉得一颗心在静下去,静下去,静到极处。只想永生永世这样地坐,坐,坐,坐到石凉,水凉,风也凉,不知夜深有了几许;坐到今夕不知何夕;坐到通体清澈,万虑皆空;坐到不要知道人世间还有生、死、苦痛和忧伤……

真的不知坐了有多久。还是我脱不了凡胎,晓得夜有尽,月有家,莫如趁着未尽兴的时候回去好些。

山路上已经轻雾弥漫,又觉得有露水打落在眉尖上。一根曲拐的树枝使我惊跳起来,出了一层汗,以为是蛇。抬头,能望见山顶招待所的彩灯了,在廊檐下晃着。走近些才看见各个窗口漆黑一团。还有均匀的鼾声。这些有福的人们哪!

　　轻轻地走到房门口,叶梦也没有去伸手开灯,我松了一口气,知道她和我一样,此刻,除了一个索溪的月亮,心里,眼里,已容不得一点儿别的东西了。

　　　　相去千万里,
　　　　心随月色归。
　　　　来生甘作石,
　　　　嫁与索溪水。

　　啊,就算我的这首"诗",是癫狂之余的应酬之作吧。

月迹

◎贾平凹

　　我们这些孩子,什么都觉得新鲜,常常又什么都不觉满足;中秋的夜里,我们在院子里盼着月亮,好久却不见出来,便坐回中堂里,放了竹窗帘儿闷着、缠奶奶说故事。奶奶是会说故事的;说了一个,还要再说一个……奶奶突然说:

　　"月亮进来了!"

　　我们看时,那竹窗帘儿里,果然有了月亮,款款地,悄没声地溜进来,出现在窗前的穿衣镜上了:原来月亮是长了腿的,爬着那竹帘格儿,先是一个白道儿,再是半圆,渐渐地爬得高了,穿衣镜上的圆便满盈了。我们都高兴起来,又都屏气儿不出,生怕那是个尘影儿变的,会一口气吹跑了呢。月亮还在竹帘儿上爬,那满圆却慢慢又亏了,末了,便全没了踪迹,只留下一个空镜,一个失望。奶奶说:

　　"它走了,它是匆匆的;你们快出去寻月吧。"

　　我们就都跑出门去,它果然就在院子里,但再也不是那么一个满满的圆了,尽院子的白光,是玉玉的,银银的,灯光也没有这般儿亮的。院子的中央处,是那棵粗粗的桂树,疏疏的枝,疏疏的叶,桂花还没有开,却有了累累的骨朵儿了。我们都走近去,不知道那个满圆儿去哪儿了,却疑心这骨朵儿是繁星儿变的;抬头看着天空,星儿似乎就比平日少了许多。月亮正在头顶,明显大多了,也圆多了,清清晰晰看见里边有了什么东西。

"奶奶,那月上是什么呢?"我问。

"是树,孩子。"奶奶说。

"什么树呢?"

"桂树。"

我们都面面相觑了,倏忽间,哪儿好像有了一种气息,就在我们身后袅袅,到了头发梢儿上,添上一种淡淡的痒痒的感觉;似乎我们已在了月里,那月桂分明就是我们身后的这一棵了。

奶奶瞧着我们,就笑了:

"傻孩子,那里边已经有人了呢。"

"谁?"我们都吃惊了。

"嫦娥。"奶奶说。

"嫦娥是谁?"

"一个女子。"

哦,一个女子。我想:月亮里,地该是银铺的,墙该是玉砌的,那么好个地方,配住的一定是十分漂亮的女子了。

"有三妹漂亮吗?"

"和三妹一样漂亮的。"

三妹就乐了:

"啊啊,月亮是属于我的了!"

三妹是我们中最漂亮的,我们都羡慕起来;看着她的狂样儿,心里却有了一股嫉妒。我们便争执了起来,每个人都说月亮是属于自己的。奶奶从屋里端了一壶甜酒出来,给我们每人倒了一小杯儿,说:

"孩子们,瞧瞧你们的酒杯,你们都有一个月亮哩!"

我们都看着那杯酒,果真里边就浮起一个小小的月亮的满圆。捧着,一动不动的,手刚一动,它便酥酥地颤,使人可怜儿的样子。大家都喝下肚去,月亮就在每一个人的心里了。

奶奶说:

"月亮是每个人的,它并没走,你们再去找吧。"

我们越发觉得奇了,便在院里找起来。妙极了,它真没有走去,我们很快就在葡萄叶儿上,瓷花盆儿上,爷爷的锨刃儿上发现了。我们来了兴趣,竟寻出了院门。

院门外,便是一条小河。河水细细的,却漫着一大片的净沙;全没白日那么地粗糙,灿灿地闪着银光。我们从沙滩上跑过去,弟弟刚站到河的上湾,就大呼小叫了:"月亮在这儿!"

妹妹几乎同时在下湾喊道:"月亮在这儿!"

我两处去看了,两处的水里都有月亮;沿着河沿跑,而且那一处的水里都有月亮了。我们都看着天上,我突然又在弟弟妹妹的眼睛里看见了小小的月亮。我想,我的眼睛里也一定是会有的。噢,月亮竟是这么多的:只要你愿意,它就有了哩。

我们坐在沙滩上,掬着沙儿,瞧那光辉,我说:

"你们说,月亮是个什么呢?"

"月亮是我所要的。"弟弟说。

"月亮是个好。"妹妹说。

我同意他们的话。正像奶奶说的那样:它是属于我们每个人的。我们就又仰起头来看那天上的月亮,月亮白光光的,在天空中。我突然觉得，我们有了月亮，那无边无际的天空也是我们的了，那月亮不是我们按在天空上的印章吗？

大家都觉得满足了，身子也来了困意，就坐在沙滩上，相依相偎地甜甜地睡了一会儿。

香山明月

◎潘旭澜

在北京香山过中秋节,我是有生以来第一次。一起开会、写作的同人,大概也是如此。有几位家在北京的,都不回家去"团圆";操办这次写作活动的老谢,还特地从别的会议隙缝里,抽身赶来香山呢。

据老北京说,北京的中秋夜往往看不到月亮,它像小媳妇似的躲起来。看到大家情绪很高,我想:不管有月无月,这么些旧交新知,在一起散散步,天南海北地"乱弹",泡它一个晚上,调节调节生活,也是很愉快的。

好像有意成全我们的兴致,吃过晚饭,被说成是小媳妇的圆月,坦然、大方地露面了。我们十几个人,三三五五,沿着林间的山路,踏着斑驳零乱的树影,东拉西扯,说说笑笑,把开会和写作的事"存放"在住处了。不觉多久,就到了玉华山庄。

倚着栏干,皓月迎面,远远一派清辉。远处的建筑楼宇,似隐若现。那似乎没有尽头的几行路灯比往常要红一些,像人工排列的星星,又像装扮北京的红宝石项链。我觉得披着明净的月光,比泡在碧清的海水里还好。这月光,清澈得不但能洗去十几天来的疲劳,还把大大小小的心事溶化得一干二净。不知站了多久,两位同人搬来一些折叠椅,这才坐下来。

大家仍旧三三五五地分成几堆。别的几堆在谈什么,我完全没有留意。同我在一堆的几位朋友,有一句没一句地讲着一些有趣的往事。他们当中,有些平时相当健谈的,被称为"神聊八段"、"神聊九段",这时不知为什么,话都少了。也许是没有心思多说,也许是生怕话多辜负这月色吧。谈话停顿的时候,山上不知哪个地方,不时传来鸟鸣,划破了山间的宁静。这鸟鸣,像我平时最喜欢的几支乐曲那样好听。不是"月出惊山鸟",因为璧月已经当头,出来很久了。说不定那几只鸟儿,是为这美好的月色而忘情地大声赞叹呢。

微风起处,附近松林发出轻轻的吟啸,像遥远的涛声,又像交响乐的余韵。倘不用心,便不大听得出。更有一阵阵沁人肺腑的香气,似乎刚从露水中浸过,让你闻起来分外舒服。日间我看到香山许多建筑的门口、路边,桂花正盛开,一簇簇,一串串,争着为中秋奉献浑身热情和美质。于是,我想起了辛弃疾的词:"大都一点宫黄,人间直恁芬芳。怕是秋天风露,染教世界都香。"写得真好。在咏桂花之中,抒发了他的高尚情怀。一想起这位南宋首屈一指的大词人,我不由得又在心里朗诵他那"乘风好去,长空万里,直下看山河"。那时他在建康(今南京),对着残破的金瓯,无限关切国家民族的命运,因而在中秋夜产生了气势磅礴的奇想和名句。现在,长空万里看山河,已经是生活中的常事了。我倒是想从从容容地凝视,我们脏腑淤血的土地,从大梦中醒来不久,有几分活力?今宵月明风清,我觉得象征着一个好年景。

吃着月饼和苹果,沉浸在这令人沉醉的景色和气氛中,我的思绪跑起野马来了——

从有点懂事之年到现在,经过了几十个中秋。留下较深印象的,只有很少几个。十年浩劫中的一个中秋,我从上海回到故乡。那是因为饱受折磨,身体被搞垮了,还有患一种不治之症的重大嫌疑,好不容易才得以回去治疗、养病的。妻子为了让我心情好些,费力地准备了几样菜肴,说是一起"欢度中秋"。我却食而不知其味。那天月色也很好,环境虽不如香山,但也很清静,同家人在月下坐了一会,又一起到附近走走,我越是想装作高兴的样子,心里却越愤懑、痛苦、焦灼。并不是怕死,也毫不怀疑,江青之流及其祸国殃民的勾当迟早要完蛋。但我只能眼睁睁地看他们荼毒神州,看这伙人类渣滓得意忘形的丑恶表演,也不知道我是否能看到他们的覆灭。于是,丝毫不觉得那圆月,那南方的树林和溪流有什么可爱之处。

　　断断续续想到这里,同人们说该回去了,我只好跟着走。没走几十步,忽然又想,要是有谁兴致好,愿意同我一起到栖月山庄或者梯云山馆,那该多好!自己一个人去就没劲了。在通常的情况下,冷冷清清地观赏景色,往往兴味大减。景色再好,有人才有生气,有人才有意思。记得一九七七年冬,我曾到那时没有开放的北海公园,在偌大的公园里走了两个多小时,统共只见到三四个人,就觉得很萧索。当然,风景区人多得像上海南京路或北京王府井,那也谈不上观赏了。这叫"过犹不及"。考虑到其他同人的情况和游兴,加上我觉得尽兴并不比余兴未尽好,所以也就打消了再去别处的念头。

　　回住处的路上,大家情不自禁地评说今夜赏月。有的说比想像的还好得多,有的说光是今夜之游也就不虚此次来京,有的说从来没有过得这么好的中秋夜。我没插嘴,却径自想道：一生几度中秋？中秋几回明月？明月几时再会香山……

到了香山别墅住处，庭院树叶子上的夜露已很重了。

1982 年 11 月作，1994 年删改

乌苏里江神秘的夜

◎林夕

夜,是令人遐思绵邈的。

乌苏里江的夜则另有一番意趣。

对岸的丛林黑魆魆的,若隐若现,若近若离,犹如一首朦胧诗。江边停泊的小船窗里透出淡淡的柔黄的光晕,煞是好看。随风摇曳的柳枝,像女神飘逸的长发。

假若没有这擦耳拂面远去的江风的声响,这幽美的江夜将会怎样出奇地平静呢?

感谢撩人胸臆的风,用纤纤素手赶走了因过分的平静而让人产生的难耐的心慌。

我后悔,乌苏里江那个神秘而迷人的夜留下的遗憾太多,那句藏匿心头已久的"我爱你"却像中天躲雨的眉月,藏在迷茫苍穹的深处一样。

在那人情薄如纸的年月,我最害怕的便是黑夜。那充满了罪恶、狰狞、阴谋的黑夜啊,即便如水的清辉洒遍每一个黑暗的角落,我也不肯站在夜幕下对着太空举目沉迷半分钟。在我凝满了黑色的情感里,在我困惑的视野里,一切光明都被黑夜垄断了。何况心比黑夜还阴冷。

今天,黑色的恐怖早已抛却在久远的记忆里,我已疲倦于如昼的灯火,我想,寂寂的长夜,会给人以轻松,给人难以言喻的幻觉和舒畅。

我不会虚伪地吟哦,也不会谦虚地崇拜。

啊,乌苏里江神秘的夜啊,那柔婉平缓的流水和如同穿宫一般幽幽的境地。静,是因你远离了尘世的喧嚣;美,是因你的魅力无与伦比。我敢说,谁先溶入这静谧的夜色,谁就会获得心灵的净化,谁就会获得深邃内涵。

的确,你没有大海那赫赫威名,也没有使人眼花缭乱的吸引力。你却拥有舒曼的《小夜曲》那种心驰神摇、勾魂夺魄的隽美。驻足于你的身边,周围是一片和谐,不需担心乌云会模糊了自己的眼睛,不再害怕那咄咄逼人的寒气。

我们谁也不恨,谁也不怨。今天相逢在一起,只嫌时日太短。许多该倾诉的还被禁在心底,宁让心海去汹涌澎湃,也不愿让吐露的真情破坏夜的幽美。

在没有月影和星光的江边,我们默默地沿着堤岸,任昨天铭骨的思念在心中啃蚀着,任踩过的脚印写下属于你我"浪漫"的起点……这时,我们总该明白了,为了真正走到一起的爱,比梦里升起暖暖的柔柔的希望要艰难得多。

是的,假如人间没有真正的爱,我宁愿永久沉睡进泥土不再醒来。

我偷偷珍藏起你的厚爱,同时,我也馈赠你一份眷恋的勇气和温暖的情思。

长长的堤岸——长长的希望。

希望就是寄托,没有寄托的希望,也便没有了追求,没有追求的安闲是多么令人乏味呀!

真的,一切美好都是来之不易的。

有一种美好常常因为漫不经心而失去了,失去的又将成为回忆的惋惜。

但是,惋惜并不都是痛苦,它有时是一种隐秘的力量,使你重新燃起生命之火。

人就是这样,遥遥相隔,似乎有千言万语要诉说,一旦相逢了,占据时间的却是无声的沉默。

你说:沉默比表白更贵重。

我们都在感觉着,感觉这比水还柔情,比雪还缠绵的沉默。

漠漠天宇,不知什么时候,那弯眉月跳出乌蒙蒙的雾团。我们仿佛同时疾呼,同时伸出手指举向那柔柔的明朗的温暖。

静悄悄的夜,江风仍在柔曼地唱。

忽然,不知从哪儿传来低低的曲调:

> 乌苏里江何须流
>
> 日夜思君苍白头
>
> 不知几时能相见
>
> 听我倾诉别离愁
>
> ……

这令人惆怅,感伤的歌声,使人感到了孤独的可怕。我们的目光不由自主地对视着,而后,又慌忙地避开。心里仿佛为那首凄切的歌在默默地流泪。一阵难言,便陷入了莫可名状的思索……

乌苏里江神秘的夜。

这里留下两行梦索魂牵的脚印,也留下了明年的希望。只要这里不是空落落、冷森森的夜,我情愿让我乌黑的瞳孔,永远在这不受任何干扰的宁静里得到沉醉,安歇。

你呢?

谈月亮

◎茅盾

不知道什么原因,我跟月亮的感情很不好。我也在月亮底下走过,我只觉得那月亮的冷森森的白光,反而把凹凸不平的地面幻化为一片模糊虚伪的光滑,引人去上当;我只觉得那月亮的好像温情似的淡光,反而把黑暗潜藏着的一切丑相幻化为神秘的美,叫人忘记了提防。

月亮是一个大骗子,我这样想。

我也曾对着弯弯的新月仔细看望。我从没觉得这残缺的一钩儿有什么美;我也照着"诗人"们的说法,把这弯弯的月牙儿比作美人的眉毛,可是愈比愈不像,我倒看出来,这一钩的冷光正好像是一把磨得锋快的杀人的钢刀。

我又常常望着一轮满月。我见过她装腔作势地往浮云中间躲,我也见过她像一个白痴人的脸孔,只管冷冷地呆木地朝着我瞧;什么"广寒宫",什么"嫦娥",——这一类缥缈的神话,我永远联想不起来,可只觉得她是一个死了的东西。然而她偏不肯安分,她偏要"借光"来欺骗漫漫长夜中的人们,使他们沉醉于空虚的满足,神秘的幻想。

月亮是温情主义的假光明! 我这么想。

呵呵,我记起来了,曾经有过这么一回事,使得我第一次不信任这月亮。那时我不过六七岁,那时我对于月亮无爱亦无憎。有一次月夜,我同邻舍的老头子在街上玩。先是我们走,看月亮也跟着走;随后我们就各人说出他所见的月亮有多么大。"像饭碗口",是我说的。然而邻家老头子却说"不对",他看来是有洗脸盆那样子。

"不会差得那么多的!"我不相信,定住了眼睛看,愈看愈觉得至多不过是"饭碗口"。

"你比我矮,自然看去小了呢。"老头子笑嘻嘻说。

于是我立刻去搬一个凳子来,站上去,一比,跟老头子差不多高了,然而我头顶的月亮还只有"饭碗口"的大小。我要求老头子抱我起来,我骑在他的肩头,我比他高了,再看看月亮,还是原来那样的"饭碗口"。

"你骗人哪!"我作势要揪老头儿的小辫子。

"嗯嗯,那是——你爬高了不中用的。年纪大一岁,月亮也大一些,你活到我的年纪,包你看去有洗脸盆那样大。"老头子还是笑嘻嘻。

我觉得失败了,跑回家去问我的祖父。仰起头来望着月亮,我的祖父摸着胡子笑着说:"哦哦,就跟我的脸盆差不多。"在我家里,祖父的洗脸盆是顶大的,于是我相信我自己是完全失败了。在许多事情上都被家里人用一句"你还小哩!"来剥夺了权利的我,于是就感到月亮也那么"欺小",真正岂有此理。月亮在那时就跟我有了仇。

呵呵,我又记起来了,曾经看见过这么一件事,使得我知道月亮虽则未必"欺小",却很能使人变得脆弱了似的。这件事,离开我同邻舍老头子比月亮大小的时候也总有十多年了。那时我跟月亮又回到了无恩无仇的光景。那时也正是中秋快近,忽然有从"狭的笼"里逃出来的一对儿,到了我的寓处。大家都是卯角之交,我得尽东道之谊。而且我还得居间办理"善后"。我依着他们俩铁硬的口气,用我自己出名,写了信给双方的父母,——我的世交前辈,表示了这件事恐怕已经不能够照"老辈"的意思挽回。信发出的下一天就是所谓"中秋",早起还落雨,偏偏晚上是好月亮,一片云也没有。我们正谈着"善后"事情,忽然发现了那个"她"不在我们一块儿。自然是最关心"她"的那个"他"先上楼去看去。等过好半晌,两个都不下来,我也只好上楼看一看到底为了什么。一看可把我弄糊涂了!男的躺在床上叹气,女的坐在窗前,仰起了脸,一边望着天空,一边抹眼泪。

"哎,怎么了?两口儿斗气?说给我来评评。"我不会想到另有别的问题。

"不是呀!——"男的回答,却又不说下去。

我于是走到女的面前,看定了她,——凭着我们小时也是捉迷藏的伙伴,我这样面对面朝她看是不算莽撞的。

"我想——昨天那封信太激烈了一点。"女的开口了,依旧望着那冷清清的月亮,眼角还噙着泪珠。"还是,我想,还是我回家去当面跟爸爸妈妈办交涉,——慢慢儿解决,将来他跟我爸爸妈妈也有见面之余地。"

我耳朵里轰地响了一声。我不知道什么东西使得这个昨天还是嘴巴铁硬的女人现在忽又变计。但是男的此时从床上说过一句来道:

"她已经写信告诉家里,说明天就回去呢!"

这可把我骇了一跳。糟糕!我昨天全权代表似的写出两封信,今天却就取消了我的资格;那不是应着家乡人们一句话:什么都是我好管闲事闹出来的。那时我的脸色一定难看得很,女的也一定看到我心里,她很抱歉似的亲热地叫道:"×哥,我会对他们说,昨天那封信是我的意思叫你那样写的!"

"那个,只好随它去;反正我的多事是早已出名的。"我苦笑着说,盯住了女的面孔。月亮光照在她脸上,这脸现在有几分"放心了"的神气;忽然她低了头,手捂住了脸,就像闷在瓮里似的声音说:"我撇不下妈妈。今天是中秋,往常在家里妈给我……"

我不愿意再听下去。我全都明白了,是这月亮,水样的猫一样的月光勾起了这位女人的想家的心,把她变得脆弱了。

从那一次以后,我仿佛懂得一点关于月亮的"哲理"。我觉得我们向来有的一些关于月亮的文学好像几乎全是幽怨的,恬退隐逸的,或者缥缈游仙的。跟月亮特别有感情的,好像就是高山里的隐士,深闺里的怨妇,求仙的道士。他们借月亮发了牢骚,又从月亮得到了自欺的安慰,又从月亮想象出"广寒宫"的缥缈神秘。读几句书的人,平时不知不觉间熏染了这种月亮的"教育",临到紧要关头,就会发生影响。

原始人也曾在月亮身上做"文章",——就是关于月亮的神话。然而原始人的月亮文学只限于月亮本身的变动;月何以东升西没,何以有缺有圆有蚀,原始人都给了非科学的解释。至多亦不过想象月亮是太阳的老婆,或者是姊妹,或者是人间的"英雄"逃上天去罢了。而且他们从不把月亮看成幽怨闲适缥缈的对象。不,现代澳洲的土人反而从月亮的圆缺创造了奋斗的故事。这跟我们以前的文人在月亮有圆缺上头悟出恬淡知足的处世哲学相比起来,差得多么远呀!

把月亮的"哲理"发挥得淋漓尽致的,也许只有我们中国罢?不但骚人雅士美女见了月亮,便会感发出许多的幽思离愁,扭捏缠绵到不成话;便是喑呜叱咤的马上英雄也被写成了在月亮的魔光下只有悲凉,只有感伤。这一种"完备"的月亮"教育"会使"狭的笼"里逃出来的人也触景生情地想到再回去,并且我很怀疑那个邻舍老头子所谓"年纪大一岁,月亮也大一些"的说头未必竟是他的信口开河,而也许有什么深厚的月亮的"哲理"根据罢!

从那一次以后,我渐渐觉得月亮可怕。

我每每想:也许我们中国古来文人发挥的月亮"文化",并不是全然主观的;月亮确是那么一个会迷人会麻醉人的家伙。

星夜使你恐怖,但也激发了你的勇气。只有月夜,说是没有光明么?明明有的。然而这冷凄凄的光既不能使五谷生长,甚至不能晒干衣裳;然而这光够使你看见五个指头却不够辨别稍远一点的地面的坎坷。你朝远处看,你只见白茫茫的一片,消弭了一切轮廓。你变做"短视"了。你的心上会遮起了一层神秘的迷迷糊糊的苟安的雾。

人在暴风雨中也许要战栗,但人的精神,不会松懈,只有紧张;人撑着破伞,或者破伞也没有,那就挺起胸膛,大踏步,咬紧了牙关,冲那风雨的阵,人在这里,磨炼他的奋斗力量。然而清淡的月光像一杯安神的药,一粒微甜的糖,你在她的魔术下,脚步会自然而然放松了,你嘴角上会闪出似笑非笑的影子,你说不定会向青草地下一躺,眯着眼睛望天空,乱麻麻地不知想到哪里去了。

自然界现象对于人的情绪有种种不同的感应,我以为月亮引起的感应多半是消极。而把这一点畸形发挥得"透彻"

月

的,恐怕就是我们中国的月亮文学。当然也有并不借月亮发牢骚,并不从月亮得了自欺的安慰,并不从月亮想象出神秘缥缈的仙境,但这只限于未尝受过我们的月亮文学影响的"粗人"罢!

我们需要"粗人"眼中的月亮;我又每每这么想。

月蚀

◎郭沫若

八月二十六日夜，六时至八时将见月蚀。

早晨我们在新闻上看见这个预告的时候，便打算到吴淞去，一来想去看看月亮，二来也想去看看我们久别不见的海景。

我们回到上海来不觉已五个月了。住在这民厚南里里面，真真是住了五个月的监狱一样。寓所中没有一株草木，竟连一块自然的地面也找不出来。游戏的地方没有，空气又不好。可怜我两个大一点的儿子瘦削得真是不堪回想。他们初来的时候，无论什么人见了都说是活泼肥胖，如今呢，不仅身体瘦削得不堪，就是性情也变得很乖僻的了。儿童是都市生活的 Barometer①，这是我此次回上海来得的一个唯一的经验。啊！但是，是何等高价的一个无聊的经验呢！

几次想动身回四川去，但又有些畏途。想到乡下去生活，但是经济又不许可。呆在上海，连市内的各处公园都不曾引他们去过。我们与狗同运命的华人公园是禁止入内的，要叫我穿洋服我已经不喜欢，穿洋服去是假充东洋人，生就了的狗命又时常同我反抗。所以我们到了五月了，竟连一次也没有引他们到公园里去过。

---

① 英语，意为晴雨表。

我们在日本的时候，住在海边，住在森林的怀抱里，真所谓清风明月不用一钱买，回想起那时候的幸福，倍增我们现在的不满。我们跑到吴淞去看海，——这是我们好久以前的计划了，但只这么邻近的吴淞，我们也不容易跑去，我们是太为都市所束缚了。今天我要发誓，我们是定要去的，无论如何是定要去的了。坐汽车去罢？坐火车去罢？想在午前去，但又怕热，改到午后。

　　小孩子们听说要到海边，他们的欢喜真比得了一本新买的画本时还要加倍。从早起来便预想起午后的幸福，一天只是跳跳跃跃的，中午时连饭都不想吃了。因为我说了要到五点钟才能去，平常他们是全不关心的时钟，今天却时时去瞻望，还莫到五点！还莫到五点！长的针和短的针动得分外慢呢！

　　好容易等到了五点钟，我们正要准备动身的时候，突然来了一个朋友，我们便约他同去，我跑到静安寺旁边汽车行里问问车费。

　　不去还好了，跑了一趟去问，只骇得我抱头鼠窜地回来。说是单去要五块！来回要九块！本是穷途人不该应妄想去做邯郸梦。我们这里请的一位娘姨辛辛苦苦做到一个月，工钱才只三块半呢！五块！九块！

　　我跑了回来，朋友劝我不要去。他说到吴淞去没有熟人，坐火车的时候把钟点错过了很麻烦的，况且又要带着几个小孩子，上车下车真是够当心。要到吴淞时，顶小的一个孩子又不能不带去。

　　啊，罢了，罢了！我们的一场高兴，便被这五块九块打坏得七零八碎了！可怜我们等了一天的两个小儿，白白受了我们的欺骗。

朋友走的时候,已经将近七点钟了。

没有法子走到黄浦滩公园去罢,穿件洋服去假充东洋人去罢!可怜的亡国奴!可怜我们连亡国奴都还够不上,印度人都可以进出自由,只有我们华人是狗!……

满肚皮的愤慨没处发泄,但想到小孩的分上,也只好忍忍气,上楼去学披件西洋人的鬼皮。

我们先把两个孩子穿过,叫他们到楼下去等着。出了一身汗,套上一件狗穿洞的衬衫。我的女人在穿她自己手制的中国料的西服。

——为什么,不穿洋服便不能去吗?她问了我一声。

——不能,穿和服也可以,穿印度服也可以,只有中国衣服是不行的。上海几处的公园都禁止狗与华人入内,其实狗倒可以进去,人是不行,人要变成狗的时候便可以进去了。

我的女人她以为我是在骂人了,她也助骂了一声:上海市上的西洋人怕都是些狼心狗肺罢!

——我单看他们的服装,总觉得他们是一条狗。你看,这衬衫上要套一片硬领,这硬领下要结一根领带,这不是和狗颈上套的项圈和铁链是一样的么?——我这么一说,倒把我的女人惹笑了。

哈哈,新发现!在我的话刚好说完的时候,我的心中突然悟到了一个考古学的新发现。我从前在什么书上看过,说是女人用的环镯,都是上古时候男子捕掳异族的女子时所用的枷镣的蜕形;我想这硬领和领带的起源也怕是一样,一样是奴隶的徽章了。弱族男子被强族捕掳为奴,项带枷锁;异日强弱

易位,被支配者突然成为支配者,项上的枷锁更变形而为永远
的装饰了。虽是这样说,但是你这个考古的见解,却只是一个
想像,恐怕真正的考古专家一定不以为然。……然不然我倒
不管,好在我并不想去做博士论文,我也不必兢兢于去求出什
么实证。……

在我一面空想,一面打领带结子的时候,我的女人早比我
穿好,两个小孩儿在楼下催促得什么似的了。啊,究竟做狗也
不容易,打个结子也这么费力!我早已出了几通汗,领带结终
是打不好,我只好敷敷衍衍地便带着他们动身。

走的时候,我的女人把第三的一个才满七个月的儿子交
给娘姨还叮咛了一些话。

我们从赫德路上电车,车到跑马厅的时候,月亮已经现在
那灰青色的低空了。因为初出土的缘故看去分外地大,颜色
也好像落日一样作橙红色,第一象限上有一部分果然是残
缺了。

二儿最初看见,他便号叫道:Moon! Crescent Moon! 他
还不知道是月蚀,他以为是新月了。

小时候每逢遇着日月蚀,真好像遇着什么灾难的一样。
全村的寺院都击钟鸣鼓,大人们也叫我们在家中打板壁作声
响。在冥冥之中有一条天狗,想把日月吃了,击钟鸣鼓便是想
骇去那条天狗,把日月救出:这是我们四川乡下的俗传,也怕
是我们中国自古以来的传说。小时读的书上,据我所能记忆
的说:周礼地官鼓人救日月则诏王鼓,春官太仆也赞王鼓以救
日月,秋官庭氏更有救日之弓和救月之矢。《穀梁传》上也说
是天子救日陈五兵五鼓,诸侯三兵三鼓,大夫击门,士击柝。

这可见救日月蚀风俗自古已然。北欧人也有和这绝相类似的神话,他们说:天上有二狼,一名黑蹄(Hati),一名马纳瓜母(Managarm),黑蹄食日,马纳瓜母食月,民间作声鼓噪以望逐去二狼救出日月。

这些传说,在科学家看来,当然会说是迷信;但是我们虽然知道月蚀是由于地球的掩隔,我们谁又能把天狗的存在否定得了呢?如今地球上所生活着的灵长,不都是成了黑蹄和马纳瓜母,不仅是吞噬日月,还在互相啮杀么?

啊啊,温柔敦厚的古之人!你们的情性真是一首好诗。你们的生命充实,把一切的自然现象都生命化了。你们互助的精神超越乎人间以外,竟推广到了日月的身上去。可望而不可即的古之人,你们的鼓声透过了几千万重的黑幕,传达到我耳里来了!

啊,我毕竟昧了我科学的良心,对于我的小孩子们说了个天大的谎话!我说:那不是新月,那是有一条恶狗要把那圆圆的月亮吃了。

二儿的义愤心动了,便在电车上叱咤起来:狗儿,走开,狗儿!

大的一个快满六岁的说:怕是云遮了罢?

我说:你看,天上一点云也没有。

——天上也没有狗啦。

啊,我简直找不出话来回答了。

车到了黄浦滩口,我们便下了车,穿过街,走到公园外的草坪里去。两个小孩子一走到草地上来,他们真是欢喜得了不得。他们跑起来了,跳起来了,欢呼起来了。我和我的女人找到一支江边上的凳子上坐下,他们便在一旁竞跑。

月亮依然残缺着悬在浦东的低空,橙红的颜色已渐渐转苍白了。月光照在水面上亮晶晶的,黄浦江的浑水在夜中也好像变成了青色一般。江心有几只游船,满饰着灯彩,在打铜器,放花炮,游来游去地回转,想来大约是救月的了。啊,这点古风万不想在这上海市上也还保存着,但可怜吃月的天狗,才就是我们坐着望月的地球,我们地球上的狗类真多,铜鼓的震动,花炮的威胁,又何能济事呢?

两个孩子跑了一会,又跑来挨着我们坐下。

——那就是海?指着黄浦江同声问我。

我说:那不是海,是河。我们回上海的时候就在那儿停了船的。

我的女人说:是扬子江?

——不是!是黄浦江。只是扬子江的一条小小的支流,扬子江的上游便在我们四川的嘉定叙府等处,河面也比这儿宽两倍。

——唉!她惊骇了,那不是大船都可以走吗?

——是,是可以走,大水天,小火轮可以上航至嘉定。

大儿又指着黑团团的浦东问道:那是山?

我说:不是,是同上海一样的街市,名叫浦东;因为是在这黄浦江的东方。你看月亮不是从那儿升上来的吗?

——哦,还没有圆。……那打锣打鼓放花炮呢?

——那就是想把那吃月的狗儿赶开的。

——是那样吗?吓哟,吓哟……

——赶起狗儿跑罢!吓哟,吓哟……

两人又同声吆喝着向草地上跑去了。

电灯四面辉煌,高昌庙一带有一最高的灯光时明时暗,就好像远海中望见了灯台的一样。这时候我也并没有什么怀乡的情趣,但总觉得我们四川的山灵水伯远远在招致我。

——我们四川的山水真好,我便自言自语地说了起来,我们不久大概总可以回去。巫峡中的奇景恐怕是全世界中所没有。江流两岸对立着很奇怪的岩石,有时候真如像刀削了的一样。山头常常戴着白云。船进了峡的时候,前面看不见去路,后面看不见来路,就好像一个四山环拱的大湖,但等峡路一转又是别有一洞天地了。人在船上想看山顶的时候,仰头望去,帽子可以从背后脱落。我们古时的诗人说那山里面有美好绝伦的神女,时而为暮雨,时而为朝云,这虽然只是一种幻想,但人到那地方总觉得有一种神韵袭人,在我们的心眼间自然会生出这么一种暗示。

啊啊,四川的山水真好,那儿西部更还有未经跋涉的荒山,更还有未经斧钺的森林,我们回到那儿,我们回到那儿去罢!在那儿的荒山古木之中自己去建筑一椽小屋,种些芋粟,养些鸡犬,工作之暇我们唱我们自己做的诗歌,孩子们任他们同獐鹿跳舞。啊啊,我们在这个亚当与夏娃做坏了的世界当中,另外可以创制一个理想的世界。……

我说话的时候,我的女人凝视着我,听得有几分入神。

——啊,我记起来了。她突然向我说道:我昨晚上做了一个很奇怪的梦。

——什么梦呢?

她说:我们前几天不是想过要到东京去吗?我昨晚上竟梦见到了东京。我们在东京郊外找到一所极好的房子,构造就和我们在博多湾上住过的抱洋阁一样,是一种东西洋折衷式的。里面也有花园,也有鱼池,也有曲桥,也有假山。紫荆树的花开满一园,中间间杂了些常青的树木。更好是那间敞豁的楼房,四面都有栏杆,可以眺望四方的松林,所有与抱洋阁不同的地方,只是看不出海罢了。我们没有想出在东京郊外竟能寻出那样的地方。房金又贱,每月只要十五块钱。我们便立刻把行李搬了进去。晚上因为没有电灯,你在家里守小孩们,我便出去买蜡烛。一出门去,只听楼上有什么东西在晚风中吹弄作响,我回头仰望时,那楼上的栏杆才是白骨做成,被风一吹,一根根都脱出臼来,在空中打击。黑洞洞的楼头只见几多尸骨一上一下地浮动。我骇得什么似的急忙退转来,想叫你和小孩们快走。后面便跟了几多尸骨进来踞在厅上。尸骨们的颚骨一张一合起来,指着一架特别瘦长的尸骨对我们说,一种怪难形容的喉音。他们指着那位特别瘦长的:这位便是这房子的主人,他是受了鬼祟,我们也都是受了鬼祟。他们叫我们不要搬,说那位主人不久便要走了。只见那瘦长的尸骨把颈子一偏,全身的骨节都在震栗作声,一扭一拐地移出了门去。其余的尸骨也同样地移出了门去。两个大的小孩子骇得哭也不敢哭出来。我催你赶紧搬,你才始终不肯,我看你的身子也一刻一刻地变成了尸骸,也吐出一种怪声,说要上楼去看看。你也一扭一拐地移上楼去了。我们母子只骇得在楼下暗哭,后来便不知道怎么样了。

——啊,真好一场梦!真好一场意味深长的梦!像这上海市上垩白砖红的华屋,不都是白骨做成的么?我们住在这儿的人不都是受了鬼祟的么?不仅我一人要变成尸骸,便是你和我们的孩子,不都是瘦削得如像尸骸一样了么?啊,我们一家五口,睡在两张棕网床上,我们这五个月来,每晚做的怪梦,假使一一笔记下来,在分量上说,怕可以抵得上一部《胡适文存》了呢。

——《胡适文存》?

——是我们中国的一个新人物的文集,有一寸来往厚的四厚册。

——内容是什么?

——我还没有读过。

——我昨晚上也梦见宇多姑娘。

——啊,你梦见了她吗?不知道她现刻怎么样了呢?

我们这样应答一两句,我们的舞台便改换到日本去了。

民国六年的时候,我们同住在日本的冈山市内一个偏僻的小巷里。巷底有一家姓二木的邻居,是一位在中学校教汉文的先生。日本人对于我们中国人尚能存几分敬意的只有两种人。一种是六十岁以上的老人,一种便是专门研究汉文的学者了。这位二木先生人很古僻,他最崇拜的是孔子。周年四季除白天上学而外,余都住居在楼上脚不践地。

因为是汉学家的家庭,又因为我的女人是他们同国人的原故,所以他家里人对于我们特别地另眼看待。他家里有三女一男。长女居孀,次女便名宇多,那时只有十六岁,还有个十三岁的幼女。男的一位已经在东京的帝国大学读书了。

宇多姑娘她的面庞是圆圆的,颜色微带几分苍白,她们取笑她便说是"盘子"。她的小妹子尤为俏皮,想要苦她,便把那《月儿出了》的歌来高唱,歌里的意思是说:

> 月儿出了,月儿出了,
> 出了,出了,月儿呀。

> 圆的,圆的,圆圆的,
>
> 盘子一样的月儿呀。

这首歌凡是在日本长大的儿童都是会唱的,他们蒙学的读本上也有。

只消把这首歌唱一句或一字,或者把手指来比成一个圆形,宇多姑娘的脸便要涨得绯红跑去干涉。她愈干涉,唱的人愈要唱,唱到后来,她的两只圆大的黑眼汪汪地含着两眶眼泪。

因为太亲密了的缘故,他们家里人——宇多姑娘的母亲和孀姐——总爱探问我们的关系。那时我的女人才从东京来和我同居,被她们盘诘不过了,只诿说是兄妹,说是八岁的时候,自己的父母死在上海,只剩了她一人,是我的父亲把她收为义女抚养大了的。宇多姑娘的母亲把这番话信以为真了,便时常对人说,要把我的女人做媳妇,把宇多许给我。

我的女人在冈山从正月住到三月便往东京去读书去了。宇多姑娘和她的母亲便常常来替我煮饭或扫地。

宇多姑娘来时,大概总带她小妹子一道来。一人独来时候也有,但手里总要拿点东西,立不一刻她便就走了。她那时候在高等女学也快要毕业了。有时她家里有客,晚下不能用功的时候,她每得她母亲的许可,拿书到我家里来。我们对坐在一个小棹上,我看我的,她看她的。我若一要看她读的是什么的时候,她总十分害羞,立刻用双手来把书掩了。我们在棹下相接触的膝头有一种温暖的感觉交流着。结局两人都用不了什么功,她的小妹妹又走来了。

只有一次礼拜,她一人悄悄地走到我家里来,刚立定脚,她又急忙蹑手蹑足地跑到我小小的厨房里去了。我以为她在和她的小妹子捉迷藏,停了一会她又蹑手蹑足地走了出来。她说:刚才好像姐姐回来了的一样,姐姐总爱说闲话,我回去了。她又轻悄悄地走出去,出门时向我笑了一下走了。

五月里女人由东京回来了,在那年年底我们得了我们的大儿。自此以后二木家对于我们的感情便完全变了。简直把我们当成罪人一样,时加白眼。没有变的只有宇多姑娘一人。只有她对于我们还时常不改她笑容可掬的态度。

我们和她们共总只相处了一年半的光景,到明年六月我便由高等学校毕业了。毕业后暑期中我们打算在日本东北海岸上去洗澡,在一月之前,我的女人带着我们的大儿先去了。

那好像是六月初间的晚上,我一人在家里准备试验的时候。

——K君,K君,宇多姑娘低声地在窗外叫,你快出来看……

她的声音太低了,最后一句我竟没有听得明白。我忙掩卷出去时,她在窗外立着向我招手,我跟了她去,并立在她家门前空地上,她向空中指示。

我抬头看时,才知道是月蚀。东边天上只剩一钩血月,弥天黑云怒涌,分外显出一层险恶的光景。

我们默立了不一会,她孀姐恶狠狠地叫起来了:

宇多呀! 进来!

她向我目礼了一下走进门去了。

我的女人说:六年来不通音问了,不知道她们还在冈山没有? 这是我们说起她们时,总要引起的一个疑问。我们在回上海之前,原想去探访她们一次,但因为福冈和冈山相隔太远了，终竟没有去成。

——她现在已经二十二岁了，怕已经出了阁罢。

——我昨晚上梦见她的时候，她还是从前那个样子，是我们三人在冈山的旭川上划船，也是这样的月夜。好像是我们要回上海来了，我们去向她辞行。她对我说，她要永远过独身生活，想随着我们到上海。

——到上海？到上海来成枯骨么？啊啊，可怜无定河边骨，犹是春闺梦里人了。

我们还坐了好一会，觉得四面的嘈杂已镇静了好几分，草坪上坐着的人们大都散了。

江上吹来的风，添了几分湿意。

眼前的月轮，不知道几时已团圞地升得很高，变着个苍白的面孔了。

我们起来，携着小孩子才到公园里去走了一转，园内看月的日本人很不少，印度人也有。

我的女人挂心着第三的一个孩子，催我们回去。我们走出园门的时候，大儿对我说道：爹爹，你天天晚上都引我们这儿来罢！二儿也学着说。他们这一句简单的要求，使我听了几乎流出了眼泪。

十二年①八月廿八日夜

---

① 此处指民国十二年，即公元 1923 年。

月光

◎冰心

　　当君柔和叔远从浓睡里醒来的时候,太阳已经满了楼窗了。维因却不知道是什么时候起来的,独自抱着膝儿,坐在阑边,凝望着朝霞下的湖光山色。

　　叔远向着君柔点一点头,君柔便笑着坐起来,伸手取下壁上挂的一支箫来,从窗内挑了维因一下。维因回头笑说:"原来你们也起来了,做什么吓人一跳?"叔远说:"我们都累得了不得,你倒是有精神,这么早就起来看风景。忙什么的,今天还是头一天,我们横竖有十天的逗留呢。"维因一面走进来,笑说:"我久已听得这里的湖山,清丽得了不得,偏生昨天又是晚车到,黑影里看不真切,我心里着急,所以等不到天亮,就起来了。——这里可真是避暑的好去处。"君柔正俯着身子系鞋带,听到这里,便抬起头来笑道:"怎么样,可以做你收束的地方么?"叔远不解地看着维因。维因却微笑说:"谁知道!"

　　这时听得楼下有拉琴的声音。维因看着墙边倚着的琴儿说:"叔远,你不说琴弦断了么? 你听,卖弦儿的来了。"叔远道:"我还没穿好衣服呢,你就走一趟罢,那壁上挂的长衣袋里有钱。"维因说:"不必了,我这里也有。"说着便走下楼去。

　　叔远一面站起来,一面问道:"刚才你和维因说什么'收束',我不明白。"君柔笑说:"这是他三年前最爱说的一句话,那时你还没有和我们同学呢。我今天偶然又想起来，说着玩的。因为维因从小就和'自然'有极浓深的感情，往往自己一人对着天光云影，凝坐沉思，半天不动。他又常说自杀是解决人生问题最好的方法，同学们都和他辩驳，他说：'我所说的自杀，并不是平常人的伤心过去的自杀，也不是绝望将来的自杀，乃是将我和自然调和的自杀。'众人又问他什么是和自然调和的自杀，他说：'我们既有了生命，就知道结果必有一死，有生命的那一天，便是有死的那一天，生的日子和地方，我们自然不能挑选了，死的日子和地方，我们却有权柄处理它。譬如我是极爱"自然"的，如果有一日将我放在自然景物极美的地方，脑中被美感所鼓荡，到了忘我忘自然的境界，那时或者便要打破自己，和自然调和，这手段就是常人所谓的自杀了。'众人都笑说：'天下名山胜景多着呢，你何不带柄手枪，到那里去自杀去。'他正色说：'我绝对不以这样的自杀为自杀，我认为超凡的举动，也不是预先知道什么时候，什么地方是要自杀的，只在那一刹那顷临感难收，不期然而然地打破了自己。——我不敢说，我的收束就是这样，不过似乎隐隐地只有这一条路可以收束我。'自杀是超凡的举动么？不打破自己，就不能和'自然'调和么？他的意思对不对且不必说，你只看他这孩子特别不特别？"叔远听着便道："这话我倒没有听见他说过。我想这不过是他青年时代的一段怪想，过后就好了，你且不要提醒他。"正说着，维因拿着琴弦，走上楼来。他们一面安上弦子，便又谈到别的事上去。

维因好静，叔远和君柔好动，虽然同是游山玩水，他们的踪迹却并不常在一处。不过晚凉归来的时候，互相报告这一日的经过。

阑边排着一张小桌子，维因和君柔对面坐着。叔远却自站在廊下待月。凉风飕飕送着花香和湖波激荡的声音，天色已经是对面不见人的了。维因一手扶着头倚在桌子上，一手微微地敲着桌边，半天说道："君柔！我这两天觉得精神很恍惚，十分地想离开此地，否则脑子里受的刺激太深了，恐怕收束就在……"君柔笑将起来说："不要胡说了，你倒是个实行家，从前的话柄，还提它做什么！"这时叔远抬头看道："今儿是十八呵，怪道月儿这半天才上来。"维因站起来望时，只见湖心里一片光明，他徘徊了半天，至终下了廊子，踱了出去。

君柔和叔远依旧坐在阑边说着话，也没有理会他。

堤岸上只坐着他一个人，月儿渐渐地转上来。湖边的繁花，白云般一阵一阵地屯积着。浓青的草地上，卧着蜿蜒的白石小道。山影里隐着微露灯火的楼台。柔波萦回，这时也没有渔唱了，只有月光笼盖住他。

"月呵！它皎皎地临照着，占据了普天之下望月的人意识的中心点，万古以前是如此，万古以后也是如此。——霎时被云遮了，一霎时圆了，又缺了。无量沙数的世人，为它欢悦，替它烦恼，因它悲叹。——它知道世人的赞羡感叹么？它理会得自己的光华照耀么？它自己心中又有什么感想？……然而究竟它心中有什么感想！它自它，世人自世人。因为世人是烦恼混沌的，它是清高拔俗的，赞慕感叹，它又何曾理会得。世人呵，你真痴绝！

"湖水呢？无量沙数的人，临流照影，对它诉尽悲欢，要它管领兴亡。它虽然温静无言，听着他们的歌哭，然而明镜般的水面，又何曾留下一个影子。悲欢呵，兴亡呵，只是烦恼混沌，这话它听了千万种千万遍了。水涡儿萦转着,只微微地报以一笑。世人呵,你真痴绝!

"山呢? 庄严地立着。树呢? 婆娑地舞着。花呢? 明艳地开着。云呢? 重叠地卷舒着。世人自世人,它们自它们。世人自要因它哀乐,其实它们又何曾理会! 只管立着,舞着,开着,卷舒着。世人呵,你真痴绝!

"'自然'只永远是如此了。世人又如何呢? 光阴飞着过去了。几十年的寄居,说不尽悲凄苦痛,乏味无聊。宇宙是好了,无端安放些人类,什么贫、富、智、愚、劳、逸、苦、乐、人造的、不自然的,搅乱了大千世界。如今呵,要再和它调和。——痴绝的世人呵!'自然'不收纳你了!

"无论如何,它们不理会也罢。然而它自己是灿烂庄严,它已经将你浸透了,它凄动了你的心,你临感难收了。你要和它调和呵,只有一条路,除非是——打破了烦恼混沌的自己!"

这时维因百感填胸,神魂飞越,只觉得人间天上,一片通明。

远远地白袷飘扬,君柔和叔远夹着箫儿,抱着琴儿,一面谈笑着,从山上下来穿入树林子去。——维因不禁悚然微笑,自己知道收束近了。"可怜我已经是昏沉如梦,怎禁得这急管繁弦——"

月儿愈高,凉风吹得双手冰冷。君柔抱着琴儿不动,凝眸望着湖边。叔远却一面依旧吹着箫儿,一面点头催他和奏。君柔忽然指着说:"刚才坐在堤边的,是不是维因?"叔远也站起来说:"我下山的时候,似乎看见他坐在那里。"君柔等不到他说完,便飞也似的跑出树林子来,叔远也连忙跟了去。

君柔呆站在堤边说："我看见一个人坐在这边,又站起来徘徊了半天,一声水响,便不见了。要是别人,也许是走了。要是维因……他刚才和我的谈话,着实不稳呵!"叔远俯着看水说:"水里没有动静,你先别急,我上山看一看去。"说着便又回身跑了。

　　这时林青月黑——他已经收束了他自己了,悲伤着急,他又何曾理会。世人呵,你真也痴绝!

1921 年 4 月 8 日

月

月光

◎田汉

　　有的人当心里有什么不愉快的事情的时候总爱喝酒，说因此可以忘记他的痛苦。但以他的经验，却不然，他越喝酒，心里越加明白。内心的悲哀不独不能因酒支吾过，而且因为酒的力量把妨碍悲哀之发泄的种种的顾虑全除去了，反显出他真正的姿态来。

　　他到这异乡的上海生活以来，不知不觉又过了两个节了。七月七刚过了，又是八月中秋，好快的日子！他的弟弟买了许多桂花来插在瓶里，摆在靠墙放置的桌上。没有读过什么书的弟弟也懂得色调的配合，他因嫌白壁太单调了，不足以显出桂花的好处来，便借邻居叶君的一块紫色的花布钉在墙上，那金黄的桂花得了紫色的衬托果然越加夺目，萧索的寓楼中有了她发散出来的芳香，顿时温馨了许多。因为今晚是八月节，清澄皎洁的月光不可辜负。和他同居的E君爱喝几杯，打了许多酒来，晚间便大吃大喝，他约莫也喝了斤把花雕，正如上面说的，将欲销愁，而愁的形态像雨过天晴的月色一样更加明显起来，他便倒在床上睡了。E君与他弟弟邀他到街头步月，他没有应他们，他们以为他睡着了，便不勉强他。他们去后，他起来拿起笔来要写一点东西，但是写不了，头好像有一点痛，便熄了电灯，依然睡在床上。电灯一黑，那清圆的好月立刻趁着她那放射的银线由窗子里跳进他房里来,吻着他的床。他此时的心里虽因喝了酒愈加明白,但在他眼里的月的姿态却模糊起来了。

　　"S妹。"他喊她一声,她不答应,知道她睡着了。他把她的被盖好,起来放好帐子。房里虽然有一盏美孚灯,但不足以抵御月光的侵入。他走到书桌旁边坐下了,桌上还放着栈房里老板送来的月饼,他虽不饥,无聊地也拿着吃了,一面吃一面痴痴地抬头望着窗外,真是玉宇无尘,晶光似濯,他想此时若能同她一块儿去步月是何等幸福,偏她又一病至此。又念刚回去的慈母、幼儿,今晚不知在哪里过节。他一边想,一边听着帐子里的呼吸,也还均匀,似乎一时不至于醒来。他便慢慢地出了房门,走到院子里,满地银光,真如积水空明。由院子直走,出了大门便是扬子江边了,由堤边一带垂杨荫里望那扬子江时,滚滚江涛映在月光之中,就像无数人鱼在清宵浴舞。他独自一人伫立多时,渐渐觉得身上穿的单衫挡不住午夜的江风,又恐怕那卧病在异乡客舍中的可怜的人要醒了,急忙拭干眼中因江风送来的水珠,慢慢地踱回房里去了——这是他的去年今夜。

　　这时是他和她回上海的第一年。他们和他的朋友Z君夫妇住在哈同花园后面民厚南里的一家楼上。这天晚上也是八月中秋,Z君和另一朋友邀他俩同去步月,她穿着红色的毛衣同他们出去。从静安寺路转到赫德路,又转到福煦路,就是围着民厚里打了一个圈圈,他们便和Z君等分开了。他们沿着古拔路,在丰茂的白杨树荫下携手徐行,低声地谈着他们谈不完的心曲。那时的古拔路一边是洋房子,一边却是一条小港。小港的那边,是几畦菜园,还有一座有栏杆的小桥,桥头有几株垂杨低低地拂着桥栏,桥下水虽不流,却有浓绿的浮萍,浮萍里还偶然伸出一两朵鲜艳的水仙花。靠着菜园那边,还有一带芦苇,参差有致。他们自从发现了这块地方,常常爱到这里来散步。今晚他们因想这块具备了长芦垂柳碧水小桥的地方在明月之中不知更增几许姿态,所以特来领略这美丽的自然。果然不使他们失望,柳、芦、桥、水、浮萍、水仙都好像特作新妆迎接他们,他们站在桥头受着月光的祝福,他觉得这种情境很有画意,回家后他便画了几张小桥观月图分送他的好友。

他回忆了去年和前年今日的情景,又联想到今夜的故乡,母亲和孩子在乡思过节。母亲一定思念她在外面的儿子,孩子虽小也一定想念他在外面的父亲,但他一定以为他的妈妈也同他的爸爸一起在上海,他哪里知道今晚的月光,不能照到他妈妈的脸上,只能照着她坟上的青草呢!

　　可怜一样团圆月,
　　半照孤坟半照人。

他还没有念完这两句诗,便痛哭得在床上打滚了。

上面这几段东西是他昨晚写的。因为都是月夜的回忆,他题之曰"月光"。不过他今早起来,照着他床上的不是"凄凉的月光",却是和暖的阳光。他昨夜的泪痕在阳光中一忽儿都晒干了。他以后不敢再在月光底下回忆,不敢再于佳节良辰喝酒,不敢再惹起他的旧痛。他年纪还不大,还想忍着痛苦做些事,这也是她所希望于他的,他现在与惠特曼同样要求着"赫耀而沉默的太阳",他与惠特曼同样唱着《大道之歌》:"从此以后,他不再呜咽了,不再因循了,他什么都不要,他要勇敢地、专心致志地登他的大道!"

作于 1926 年

月夜孤舟

◎庐隐

　　发发弗弗的飘风,午后吹得更起劲,游人都带着倦意寻觅归程,马路上人迹寥落,但黄昏时风已渐息,柳枝轻轻款摆,翠碧的景山巅上,斜辉散霞,紫罗兰的云幔,横铺在西方的天际,他们在松荫下,迈上轻舟,慢摇兰桨,荡向碧玉似的河心去。

　　全船的人都悄默地看远山群岫,轻吐云烟,听舟底的细水潺湲,渐渐地四境包溶于模糊的轮廓里,远景地更清幽了。

　　他们的小舟,沿着河岸慢慢地前进,这时淡蓝的云幕上,满缀着金星,皎月盈盈下窥,河上没有第二只游船,只剩下他们那一叶的孤舟,吻着碧流,悄悄地前进。

　　这孤舟上的人们——有寻春的骄子,有飘泊的归客,——在咿呀的桨声中,夹杂着欢情的低吟,和凄意的叹息。把舵的阮君在清辉下,辨认着孤舟的方向,森帮着摇桨,这时他们的确负有伟大的使命,可以使人们得到安全,也可以使人们沉溺于死的深渊。森努力拨开牵绊的水藻,舟已到河心。这时月白光清,银波雪浪动了沙的豪兴,她扣着船舷唱道:

　　　　十里银河堆雪浪,
　　　　四顾何茫茫?
　　　　这一叶孤舟轻荡,
　　　　荡向那天河深处,

只恐玉宇琼楼高处不胜寒！
…………

我欲叩苍穹，
问何处是隔绝人天的离恨宫？
奈雾锁云封！
奈雾锁云封！
绵绵恨……几时终！

这凄凉的歌声使独坐船尾的鞏愔然了，她呆望天涯，悄数陨堕的生命之花；而今呵，不敢对冷月逼视，不敢问苍天申诉，这深抑的幽怨，使得她低默饮泣。

自然，在这展布天衣缺陷的人间，谁曾看见过不谢的好花？只要在静默中掀起心幕，摧毁和焚炙的伤痕斑斑可认，这时全船的人，都觉得灵弦凄紧。虞斜倚船舷，仿佛万千愁恨，都要向清流洗涤，都要向河底深埋。

天真的丽，他神经更脆弱，他凝视着含泪的鞏，狂痴的沙，仿佛将有不可思议的暴风雨来临，要摧毁世间的一切，尤其要捣碎雨后憔悴的梨花。他颤抖着稚弱的心，他发愁，他叹息，这时的四境实在太凄凉了！

沙呢？她原是飘泊的归客，并且归来后依旧飘泊，她对着这凉云淡雾中的月影波光，只觉幽怨凄楚，她几次问青天，但苍天冥冥依旧无言！这孤舟夜泛，这冷月只影，都似曾相识——但细听没有灵隐深处的钟磬声，细认也没有雷峰塔痕，在她毁灭而不曾毁灭尽的生命中，这的确是一个深深的伤痕。

八年前的一个月夜，是她悄送掉童心的纯洁，接受人间的绮情柔意，她和青在月影下，双影厮并，她那时如依人的小鸟，如迷醉的荼蘼，她傲视冷月，她窃笑行云。

但今夜呵！一样的月影波光，然而她和青已隔绝人天。让月儿蹂躏这寞落的心，她扎挣残喘，要向月姊问青的消息，但月姊只是阴森地惨笑，只是傲然地凌视，——指示她的孤独。唉！她枉将凄音冲破行云，枉将哀调深渗海底，——天意永远是不可思议！

　　沙低声默泣，全船的人都罩在绮丽的哀愁中。这时船已穿过玉桥，两岸灯光，映射波中，似乎万蛇舞动，金彩飞腾，沙凄然道："这到底是梦境，还是人间？"

　　翚道："人间便是梦境，何必问哪一件是梦，哪一件非梦！"

　　"呵！人间便是梦境，但不幸的人类，为什么永远没有快活的梦，……这惨愁，为什么没有焚化的可能？"

　　大家都默然无言，只有阮君依然努力把舵，森不住地摇桨，这船又从河心荡向河岸。"夜深了，归去罢！"森仿佛有些倦了，于是将船儿泊在岸旁。他们都离开这美妙的月影波光，在黑夜中摸索他们的归程。

　　月儿斜倚翡翠云屏，柳丝细拂这归去的人们，——这月夜孤舟又是一番梦痕！

月夜

◎川岛

    不能很分明地记得是哪一天了，但这一天是我永远不会忘记的，而且这事和我生在世上一样地真确。只因为都愿意伴着在路上走，狂风和黑暗，便倍增了我们的勇气。真个当我们开始行路时那残缺的月还没有挂在空中咧——也许被乌云遮蔽了？

    横暴的风虽夹着泥沙来防止我们开口，我们却仍是不断地说，且话句的数目比步履的数目要多。伊问我："冷不？干吗？"我也同样地问伊，彼此的答案都说是"不"！

    忽然伊要跌倒了，虽说由于道路的崎岖，确也因为我们谈笑忘情的缘故。在我扶住了伊之后，我们都发生了最大的恐惧；伊笑着说"不要紧"，我也向伊笑了。但总不能立时止住我心房的战栗。于是我们以后都留神路上的石子，有时伊还朝我微笑。

    从深蓝的云幕里，露出残缺之月的面来，颜色是朦胧的。不是中秋，我又何敢苛求呢？伊却说这是伊命运的象征。我一句话也不能答复，而且我知道伊所要的决不是我的泪。

    路旁一只疯狗，立在我们背后狂吠，伊微微地扯着我的衣角很快地走，狗也就悄然了；起初我还以为狗是要去吞月的。

    快走了几步，却少说了几句，彼此的目的地已经很沉肃地现在我们面前,此时伊和我才嫌路短了。残缺而将要圆的月吐出光来,似乎要使光明的程度越过伊的可能;但这是伊命运的象征,伊此时所要的,又何尝就是我的笑呢!

救主呀!你肯许我也钉在十字架上吗?——泪和笑都是人所不要的,我只是还没有被钉死。

西山的月

◎沈从文

　　"求你将我放在你心上如印记，带在你臂上如戳记。"我念诵着雅歌来希望你，我的好人。

　　你的眼睛还没掉转来望我，只起了一个势，我早惊乱得同一只听到弹弓弦子响中的小雀了。我是这样怕与你灵魂接触，因为你太美丽了的原故。

　　但这只小雀它愿意常常在弓弦响声下惊惊惶惶乱窜，从惊乱中它已找到更多的舒适快活了。

　　在青玉色的中天里，那些闪闪烁烁底星群，有人底眼睛存在：因你底眼睛也正是这样闪烁不定，且不要风吹。

　　在山谷中的溪涧里，那些清莹透明底出山泉，也有你底眼睛存在：你眼睛我记着比这水还清莹透明，流动不止。

　　我侥幸又见到你一度微笑了，是在那晚风为散放的盆莲旁边。这笑里有清香，我一点都不奇怪，本来你笑时是有种比清香还能入人心脾的东西！

　　我见到你笑了，还找不出你的泪来。当我从一面篱笆前过身，见到那些嫩紫色牵牛花上负着的露珠，便想：倘若是她有什么不快事缠上了心，泪珠不是正同这露珠一样美丽，在凉月下会起虹彩吗？

　　我是那么想着，最后便把那朵牵牛花上的露珠用舌子舐干了。

怎么这人哪,不将我泪珠穿起? 这你必不会这样来怪我,我实在没有这种本领,不知要怎样去穿。我头发白得太多了,纵使我能,也找不到穿它的东西!

病渴的人,每日里身上疼痛,心中悲哀,你当真愿意不愿给渴了的人一点甘露喝?

这如像做好事的善人一样:可怜路人的渴涸,济以茶汤,恩惠将附在这路人心上,做好事的人将蒙福至于永远。

我日里要做工,没有空闲。在夜里得了休息时,便沿着山涧去找你。我不怕虎狼,也不怕伸着两把钳子来吓我的蝎子,只想在月下见你一面。

碰到许多打起小小火把夜游的萤火,问它朋友朋友,你曾见过一个人吗? 它说你找那个人是个什么样子呢?

我指那些闪闪烁烁的群星,哪,这是眼睛;

我指那些飘忽白云,哪,这是衣裳;

我要它静心去听那些涧泉和音,哪,她声音同这一样;

我末了把刚从花园内摘来那朵粉红玫瑰在它眼前晃了一下,哪,这是脸——

这些小东西,虽不知道什么叫做骄傲,还老老实实听我所说的话,但当我说了时,问它听清白没有,只把头摇了摇就想跑。

“怎么,究竟见不见到呢?”——我赶着它问。

“我这灯笼照我自己全身还不够! 先生,放我吧,不然,我会又要绊倒在那些不忠厚的蜘蛛设就的圈套里……虽然它也不能奈何我,但我不愿意同它麻烦。先生,你还是问别个吧,再扯着我会赶不上它们了。”——它跑去了。

我行步迟钝,不能同它们一起遍山遍野去找你——但凡是山上有月色流注到的地方我都到了，不见你底踪迹。

回过头去，听那边山下有歌声飘扬过来，这歌声出于日光只能在垣外徘徊的狱中。我跑去为他们祝福：

你那些强健无知的公绵羊啊！
神给了你强健却吝了智识：
每日和平守分地咀嚼主人给你们的窝窝头，
疾病与忧愁永不凭附于身；
你们是有福了——阿们！
．．．．．．．．．．．
你那些懦弱无知的母绵羊啊！
神给了你温柔却吝了智识：
每日和平守分地咀嚼主人给你们的窝窝头，
失望与忧愁永不凭附于身；
你们也是有福了——阿们！
．．．．．．．．．．．
世界之征一时侵不到你们身上，
你们但和平守分地生息在圈牢里：
能证明你主人底恩惠——
同时证明了你主人底富有，
你们都是有福了——阿们！

当我起身时，有两行眼泪挂在脸上。为别人流还是为自己流呢？我自己还要问他人。但这时除了中天那轮凉月外，没有能做证明的人。

我要在你眼波中去洗我的手，摩到你的眼睛，太冷了。

倘若你的眼睛真是这样冷，在你鉴照下，有个人的心会结成冰。

海上的月亮

◎苏青

茫无边际的黑海,轻漾着一轮大月亮。我的哥哥站在海面上,背着双手,态度温文而潇洒。周围静悄悄的,一些声音也没有;溶溶的月色弥漫着整个的人心,整个的世界。

忽然间,他笑了,笑着向我招手。天空中起了阵微风,冷冷的,飘飘然,我飞到了他的身旁。于是整个的宇宙变动起来:下面是波涛汹涌,一条浪飞上来,一条浪滚下去,有规律地,飞滚着无数条的浪;上面的天空似乎也凑热闹,东面一个月亮,西面一个月亮,三五个月亮争着在云堆中露出脸来了。

"我要那个大月亮,哥哥!"我心中忽然起了追求光明的念头,热情地喊。一面拉起哥哥的手,想同他一齐飞上天去捉,但发觉哥哥的指是阴凉的。"怎么啦,哥哥?"我诧异地问。回过头去,则见他的脸色也阴沉沉的。

"没有什么。"他幽幽回答,眼睛望着云天远处另一钩淡黄月,说道,"那个有意思,钩也似的淡黄月。"

于是我茫然了,一钩淡黄月,故乡屋顶上常见的淡黄月哪!我的母亲常对它垂泪,年青美丽的弃妇,夜夜哭泣,终于变成疯婆子了。我的心只会往下沉,往下沉,身子也不由得沉下去了,摔开哥哥的阴凉的手,只觉得整个宇宙在晃动,天空月光凌乱,海面波涛翻滚。

"哎唷！"我恐怖地喊了一声，惊醒过来，海上的月亮消失了，剩下来的只有一身冷汗，还有痛，痛在右腹角上，自己正患着盲肠炎，天哪！

　　生病不是好事，病中做噩梦，尤其有些那个。因此平日虽不讲究迷信，今夜也不免要来详梦一番了。心想，哥哥死去已多年，梦中与我携手同飞，难道我也要逝亡了吗？至于捉月亮……

　　月亮似乎是代表光明的，见了大光明东西便想去捉住，这是人类一般的梦想。但是梦想总是梦想而已，世上究竟有没有所谓真的光明，尚在不可知之间，因此当你存心要去捉，或是开始去捉时，心里已自怀疑起来，总于茫然无所适从，身心往下沉，往下沉，堕入茫茫大海而后已。即使真有勇往直前的人飞上去把月亮真个捉住了，那又有什么好处？人还是要老，要病，要痛苦烦恼，要做噜哩噜苏事情的，以至于死，那劳什子月亮于他究竟有什么用处呢？

　　说得具体一些，就说我自己了吧。在幼小的时候，牺牲许多游戏的光阴，拼命读书，写字，做体操，据说是为了将来的幸福，那是一种光明的理想。后来长大了，嫁了人，养了孩子，规规矩矩地做妻子，做母亲，天天压抑着罗曼谛克的幻想，把青春消逝在无聊岁月中，据说那是为了道德，为了名誉，也是一种光明的理想。后来看看光是靠道德与名誉没有用了，人家不爱你，虐待你，遗弃你，吃饭成了问题，于是想到了独立奋斗。但是要独立先要有自由，要有自由先要摆脱婚姻的束缚，要摆脱婚姻的束缚先要舍弃亲生的子女——亲生的子女呀！那时所谓光明的理想，已经像一钩淡黄月了。淡黄月就淡黄月吧，终于我的事业开始了：写文章，编杂志，天天奔波，写信，到处向人拉稿,向人献殷勤。人家到了吃晚饭时光了,我空着肚子跑进排字房;及至拿了校样稿赶回家中,饭已冰冷,菜也差不多给佣人吃光了,但是饥不择食,一面狼吞虎咽,一面校清样,在廿五烛光的电灯下,我一直校到午夜。户口米内搀杂着大量的砂粒、尘垢,我终于囫囵吞了下去,终于入了盲肠,盲肠溃烂了。

我清楚地记着发病的一天,是中午,在一处宴会席上,主人殷勤地劝着酒,我喝了,先是一口一口,继而一杯一杯地吞下。我只觉得腹部绞痛,但是说出来似乎不礼貌,也有些欠雅,只得死绷着一声不响。主人举杯了,我也举杯,先是人家央我多喝些,我推却,后来连推却的力气也没有了,腹中痛得紧,心想还是喝些酒下去透透热吧。于是酒一杯杯吞下去,汗却一阵阵渗出来了,主人又是怪体贴的,吩咐开电扇。一个发寒热,患着剧烈腹痛的人在电扇高速度的旋转下坐着吃,喝,谈笑应酬,究竟是怎样味儿我委实形容不出来,我只记得自己坐不到三五分钟就继续不下去,跑到窗口瞧大出丧了。但是大出丧的灵柩还没抬过,我已经痛倒在沙发上。

"她醉了!"我似乎听见有人在说。接着我又听见主人替我雇了车,在途中我清醒过来,便叫车夫向××医院开去。

医生说是吃坏了东西,得服泻剂。

服了泻药,我躺在床上,到了夜里,便痛得满床乱滚起来。于是我哭着喊,喊了又哭。我喊妈妈,在健康的时候我忘记了她,到了苦难中想起来就只有她了。但是妈妈没有回答,她是在故乡家中,瞧着一钩淡黄月流泪哪!我感到伤心与恐怖,喃喃对天起誓,以后再不遗忘她,再不没良心遗忘她了。

腹痛是一阵阵的,痛得紧的时候,肚子像要破裂了,我只拼命抓自己的发。但在松下来痛苦减轻的时候,却又觉得伤心,自己是孤零零的,叫天不应,喊地无灵,这间屋子里再也找不出一个亲人。我为什么离开了我的母亲?她是这样老迈了,神经衰弱,行动不便,在一个愚蠢无知的仆妇照料下生活着。我又为什么离开我的孩子?他们都是弱小可怜,孤苦无告地给他们的继母欺凌着,虐待着。

想到这里,我似乎瞧见几张愁苦的小脸,在海的尽头晃动着齐喊:"妈妈!"他们的声音是微弱的,给海风吹散了,我听不清楚。我也瞧见在朦胧的月光下,一个白发伛偻的老妇在举目四瞩地找我,但是找不到。

"妈妈!"我高声哭喊了起来,痛在我的腹中,更痛的在我心上,"妈妈呀!"

一个年青的姑娘站在床前了,是妹妹,一张慌张的脸。"肚子痛呀,妈妈!"我更加大哭起来,撒娇似的。

她也抽抽噎噎地哭了,口中连声喊"哎哟!"显得是没有主意。我想:这可糟了,一个刚到上海来的女孩子,半夜里是叫不来车子,送不来病人上医院的,急坏了她,还是治不了我的腹痛哪!于是自己拭了泪,反而连连安慰她道:"别哭哪,我不痛,此刻不痛了。"

"你骗我。"她抽噎得肩膀上下耸,"怎么办呢?妈妈呀。"

"快别哭,我真的不痛。"

"你骗我。"

"真的一些也不痛。"

"怎么办呢?"她更加抽噎不停。我恼了,说:

"你再哭,我就要痛。——快出去!"

她出去了,站在房门口。我只捧住肚子,把身体缩做一团,牙齿紧咬。

　　我觉得一个作家,一个勇敢的女性,一个未来的最伟大的
人物,现在快要完了。痛苦地,孤独地,躺在床上,做那个海上
的月亮的梦,海上的月亮是捉不到的,即使捉到了也没有用,
结果还是一场失望。我知道一切光明的理想都是骗子,它骗
去了我的青春,骗去了我的生命,如今我就是后悔也嫌迟了。

　　在海的尽头,在一钩淡黄月下的母亲与我的孩子们呀,只
要我能够再活着见你们一面,便永沉海底也愿意,便粉身碎骨
也愿意的呀!

　　盲肠炎,可怕的盲肠炎,我痛得又晕了过去。

泛月

◎钟敬文

　　住在杭州，算来将满一年了，却没有比较尽兴地游过月湖，这无论如何，总不能不说是一桩缺憾吧。所以然之故，自然不是很单纯；但短少同兴趣的朋友相招携，的确是一个较重大的原因。搬来这里之初，我们即常常想起这件事；可是那些日子，不是月亮圆满的时候。约莫一个星期前，我写了几首《幽居杂诗》，有一首结语云："更爱清宵孤棹去，湖烟湖月荡西泠。"盖悬拟口气也。蓬诵而爱之，说等月圆时一定要去荡一荡。前天晚上，在月下清谈，听房东说夜来泛湖者之多，和西湖盗风的清净。于是，我们就决定在望夜出去了。

　　蓬到城里去送同乡回沪，归来时，月亮已经高高地悬挂在东边的杨柳梢头了。匆匆饭后，便徒步走出苏堤去。起初蓬要携着房东孩子的红灯笼出发，因为她怕在路上踏着蛇。我以为太累赘；并且在月下带着灯笼走，也未免煞风景，所以把她止住了。

　　这时，空间明净如拭过的玻璃，一点云翳都没有。月亮倒悬在东空上，本身像一个云絮之类造成的圆团，但在棉白中却半闪着金属的光彩。星星疏落极了，并且光辉也显得格外薄弱。"众星的朗朗不可得了，贪婪的月，却爱光明独自！"这两句别饶着象征意味的旧友的诗,只把它当做这种夜景的写实,也是够恰当的。其实古人早先我们观察到了,他们用的是简捷的四个字:"月明星稀。"湖水平静而黯淡,虽有反光,却是非常微弱的。只有东边月光直射的一小部分,晃摇着淡金的波光,给人以强度的爽朗的感觉。山峰都变成迷惘的黑影而默立着,像年已垂暮的老人;但精神是仍然倔强的。树影比山影、水影都更现示出浓黑的色调。然而它的幽静,却和它们谐和地一致。东北一带,西湖博览会会场和杭州市的灯火,光芒缭乱,气分炎蒸,与西南、西北的山影、林影,沉默苍黑的,迥然殊趣。我们置身在这种环境中,除了惝恍、迷离的感觉以外,只容许无言地低首沉思了。

在堤边临水的石头上,我们小坐了一会,便坐着艇子向三潭印月进发了。

"我今天听同乡说了几句关于S君的话,心里一直到此刻还难受着。"蓬破着沉默说,语声里显带着深重的忧苦。

"他怎么说呢?"我不免好奇而又同情地追问。

"唉……"她深深地叹了一口气,接着才说,"他说S君还是那样焦灼地眷恋着我,他到N地和在S地见到他时,都一样为他不好过。他最后又问我对S君的态度究竟怎样。"

"你怎样回答他呢?"我急着问。

"我说,我很敬重他,感激他;但却不能爱他!同乡问我暂时不要这样决定,过一两年看看情形再说如何。我说,这不能,我既不爱他,就不应该再用暧昧的态度,使他迷惘地久陷于苦痛之中。"

"S君这样迷恋心绪的悲苦,我是能够充分地了解而且同情的;你如果能够爱他,我也想劝劝你做一回爱情的奴隶去。"

"我也晓得他的苦处；但没有法子，我是这样失了爱人与被爱的资格的！我已预备把我不能爱人的实情明白地告诉他了。诚恳的他，一定能相信而且原谅我的。如此，虽然不免给予他以暂时的打击；但长久的苦闷，是可以解脱的了。"

　　"这是一个干脆的办法，因为在事实上，你再也找不出较好的了。"

　　艇子已经渐渐划向湖心，水面的空气，更为幽凉了。回望苏堤一带的树木，几于和后面衬着的山色同化，所争差的，只一点浓淡之分而已。眼前的游艇很少，大概因为近湖的一带所在，有点荒冷的缘故吧。我们刚才从谈话所引起的凄怆，为这当前空阔、幽秘的自然，消灭得荡然如洗了。

　　到三潭印月，见有游人的艇子数只，停泊在那里。他们肯舍弃湖滨公园和西湖博览会一带的热闹，来观赏这只有树影、月色与荷香的境地，也不能不算是有着相当的教养的了。虽然说不到穿苏堤而进，舍舟攀登西边一带峰峦，临风长啸，让山谷返响，银光战颤的豪情逸趣。我们顾盼了一下，便叫舟夫划向西泠而去。

　　繁灯灿然，人影凌乱，今宵的西泠，是以纷华的情味，代替着往常的清冷了。水上艇子来往如织。从远处传来的跳舞的音乐，杂在莲花香气中，荡漾着游客的情思。来自湖山幽淡处的我们，骤尝到这醺酽酽的葡萄酒味，有些昏昏地沉醉了。

　　北里西湖的整体，都销融在烘热的气流中了。两岸的火光，两岸的楼房、车声、人声、乐声，湖上的舟楫、桥亭，一切团成了这块地方炽盛的气概。我们自己不知不觉中，也做了凑热闹的一份子了。

　　穿过了锦带桥，艇子又渐划到冷静的水面。在红热的灯火中迷失了的月色,这时重新地打进我们的眼底、心头了。山影、树影与苍茫一色的水光,也因为渐离热气而涌现。古人以人间的功名、富贵,喻之短梦一场。我们此刻于刚过去的情景,也有恍然如梦的感想。

歌声从不知道的方向送来。在月明的湖上,再没有比这个更使我移情的了。我不忆起广州的珠江,我不想到上海的黄浦滩,因为那些都是偎靠着近代型的火样都市的江河。在那里一切皆热昏了的。最令我记着的,是故乡海滨的湾港。那里有环抱着的像这湖上的青山,边沿着巨大的石崖,明帆片片的渔船悠闲地来往着。当这样晴朗的月夕,临流远眺,海波晶莹,涛声之外,别有渔人水调,悠然杂在海风中飘漾。糟透了的故乡,是惯被丢在记忆之外了;但那里的波光山色,却不免常牵引着我的梦思。

蓬也悠婉地唱起歌来了。我陪着她呀哟了一阵。最后,我唱了一只故乡的咸水歌,歌词云:

> 芹菜开花粒粒青,罗,
>
> 妹当生好兼后生①,罗;
>
> 顺水人情何唔②做,罗?
>
> 唔比路草年年生,罗!

我唱了,把词意用国语翻译给她听。并说这歌结语即唐人"花开堪折直须折,莫待无花空折枝"之意;但表现得更其真切自然。这可说是民间情歌独有的长处。她说她故乡的苗人,女儿出嫁的前数天,必尽情地唱歌;歌词与歌声,俱十分哀

---

① 当,现在。生好,漂亮。后生,年青。

② 唔,不。

艳动人。我想，西南各民族，见于记载及调查的，多有这种风俗，大概不是一种偶然的习惯吧。末了，我们齐声咏唱着苏子瞻《前游赤壁赋》中的一首短歌：

> 桂棹兮兰桨，
>
> 击空明兮溯流光。
>
> 渺渺兮予怀，
>
> 望美人兮天一方。

唱到最后的一句，我真不禁凄然南望了。

艇子划到丁家山，月亮已将中天了。我们惘然上了岸。在桑阴萤火中，拖着影回到寓所来。

月

月下渡江

◎王平陵

　　清早起来，我就混杂在辛苦忙碌的人群中，肩膀上也像压着笨重的使命，在城市里，仅凭两条腿，上坡下坡，忽高忽低，跑了一整天的路。到夕阳挂在山脊上，才把预定的工作，告一个段落。我孤独地走进一家冷酒馆，屋子里寂无人声，只有几只大头苍蝇嗡嗡地唱歌，馆主人伏在柜台上打瞌睡，我喊醒了他，叫一杯冷酒，坐在竹篷敞开的凉荫下，暂且搁下手提的布包袱，尽量把自己从彼此提防、忌妒中伤的世界里，抽拔到幽僻的一角，默默地喝冷酒，静看那些钩心斗角的人们，男的，女的，脚步套着脚步，怀着说不出的忧闷和渴求什么的心情，在门前走过。我想起自己一整天也是这样无效地奔波，不觉悲从中来，抱着同病相怜的恻隐；连干了三大杯。酒呵！我的好友！我也有些感到生之厌倦了！全仗你加强我挣扎的勇气，增添我在人海里游泳的活力。我欣然地站起来，付了酒资，拍一拍身上的尘灰，把白天所接触到的讨厌的事，憎恶的鬼脸，竭力忘却，忘却得一干二净，单是保留最好的印象，摄住和善的面孔，愉快地走出冷酒馆；虽然马路上依然挤满了人，而我是旁若无人地走着，走着，一会儿，就走到过江的渡头，待缓步踱下层层的石阶，到嘉陵江边，那清朗的圆月，爬到竹竿高了，江上闪烁着银色的月光。

古老的木船，横在江滨，等候晚来的渡江者。舟子们击楫高呼，招揽匆忙的过客，我移动酸溜溜的腿股，运送自己到木船上，放下布包袱，把心坎的积愫，白天遭遇的一切，混合着肚底翻上来的痰唾，轻松地倾吐在岸边。

船开行了，江上吹来清凉的夜风，我面对丛林深处的彼岸，似有灯火从茅屋中漏出；但给清朗的月光淹没了。船在慢慢地前行，灯光，桨影，伴随两岸的虫声，江心旋转的急涛声，山楼上凭窗奏弹的琴音，交织成夜之韵律。忽然，夜风里飘来一阵桂花香，呵！那映照在碧浪上的银辉，已是秋天的月色了！这美丽的嘉陵江上月，又使我把快要发霉的灵魂亮了一亮，照见我流水一般消逝的年华。

一根被樵夫们砍断的枯枝，虽然遗弃在江上，杂居在败絮烂草里浮来浮去，原也曾在春天里萌过它的新芽。春天是梦的季节，美的季节，花的季节，是的，都是的，像所有的人一样，我也曾有过梦的，美的，花的春天的，我的耳际，也有人唱过柔和的歌声，我的唇沿，也曾挂着芬芳的酒沥呢，可是，此刻是秋天了！在杂乱中已经是第七个秋天了！我想起如许刻划在流水上的痕印。可怜我从没有今天的闲暇，想起如许值得留恋的痕印，这是我七年来第一次的回忆呵——在萧疏寥落的人生里，容许我重温冷却的炉火，在月夜的嘉陵江上，还能悄悄地捉住回忆往事的刹那，谁能说不是人生难得遇到的幸福呢！

这时，年青的舟子，半闭眼睛，习惯地打着桨，打起平静的浪花，撕碎江底的云影，夜空更静寂了，我疲乏得想睡，真不以为就在沿江一带寂寞的丛山外，正是人头攒动，灯光照耀的闹市呢！

我与闹市渐离渐远了，待月光斜射到对岸的山峰时，我又靠近了另一个岸边,岸上的喧哗,烦扰,口角斗殴声,无情地粉碎我画似的回忆,我被迫着必须奋勇地重冲入可怕的"现实"。

月光下,抱着无限苍茫的情怀再回一回头,那对岸的山峰,嘉陵江上的明月,在明月下泛一叶的孤舟,却是我新添的回忆中的画,画一般的回忆。

月迷津渡

◎黄秋耘

回忆中,我有一件不堪回首的往事。

大学毕业后,我留校工作,在北京一所有名的大学中文系里当了两年助教。"早岁哪知世事艰",我不该惹是生非,约同几位青年教师,发起创办一份"同人刊物",取名为《当代英雄》。刊物并没有出版。但反右派斗争一来,这件事却构成了"反党、反社会主义"的罪名。我本来是系里的党支部书记,竟然敢以"当代英雄"自居,据人们说,这就是企图要跟党"唱对台戏",是不折不扣的"反党分子"。其实我们这个刊名,只不过是从莱蒙托夫的著作中得到启发,偶然想到的罢了。

一九五七年深秋的一个下午,当我知道自己的命运已经决定,必须下放劳动一段比较长的时间,我约了一位在大学里跟我很要好的女同学到陶然亭泛舟话别。她的命运比我稍为好一点点,也是要下放劳动,但是叫做"劳动锻炼",表示并无强迫之意,算是个"志愿军",待遇当然就有所区别了。

我扶着她登上了小艇,由我荡桨操舟,划到了湖中心。四周都是衰柳残荷,增人惆怅。我情不自禁地长叹了一声:"人生在世不称意,明朝散发弄扁舟!"她悲哀地看了我一眼,从白色的麂皮手提包里拿出一首调寄《蝶恋花》的小词,双手颤抖着递给我看:

月夕花晨能几度？携手登临，无限缠绵意。底事情怀如乱絮，柔思悲慨兼愁绪。

人生知己非容易，相慰辛酸，不负同心句。珍重此情甘独记，梦魂休向君边去。

这首词虽然写得悱恻缠绵，但毕竟是"发乎情，止乎礼义"的。实际上我们之间的感情，也始终没有超越出友谊的界限，仅仅是知己，而不是恋人。我明白，像我这样身份的人，是不配谈情说爱的，否则就害人害己。

为了答谢她的深情厚谊，我也写了一首律诗送给她：

抑情无计总吞声，
风雨同舟百感迸。
寂寞灯前儿女意，
浮沉杯底故人情。
天涯踪迹三年梦，
岭上芳菲几度经。
遮莫忧思成疾疢，
此心如水水成冰。

她只读了一遍，就泪流满脸了。她说，我这首诗是郁达夫体的，或者更确切地说，是黄仲则体的。不过，我比郁达夫和黄仲则更"冷酷"一些，所以最后就只好"此心如水水成冰"了。黄仲则的诗写道："最忆溯行尚回首，此心如水只东流。"他还没有说"水成冰"。

不难想象，在那个年头，我们的心情都不会舒畅。有许多心里话想要互相倾诉，但又是"不足为外人道也"的。岸上游人众多，连找个说"悄悄话"的地方都不容易。我们只好把小艇放乎中流,直到黄昏时分,才舍舟登岸,"携手登临"到陶然亭那家饭馆里共进晚餐。我们要了点竹叶青酒,她说话不多,却含着眼泪敬我一杯酒,这真正重现了诗中所写的"寂寞灯前儿女意,浮沉杯底故人情"的情景了。

在朦胧的月色下,陶然亭湖水的潋滟波光是十分迷人的,构成了一层温柔的伤感的色彩。陶然亭的参差楼阁上掩映着几盏黯淡的灯火,对岸的菰蒲深处已经看不到几个人影了。我们并坐在公园的长椅子上,她忽然心血来潮地对我说:"咱们下放劳动,本来也不错,可以躲避开北京这个令人心烦意乱的地方。但,咱们是不是可以同去一个地方,至少同在一个县,相隔十里八里,可以在假日里彼此见见面,叙谈叙谈。要不然,我举目无亲,连个谈得来的朋友也没有,该会多么荒凉孤寂啊!我怕,我会得了忧郁病,甚至会发疯的。"

我明知道,她的愿望是无法实现的,我们原来不在同一个单位工作,凭什么要求在一块儿下放劳动呢?在当时的情况下,哪怕是夫妻关系,或者是兄弟姊妹关系,也不会受到照顾的,何况我们非亲非故?但是我不想伤她的心,只好说:"咱们能够在一块儿,那敢情好!'郴江幸自绕郴山,为谁流下潇湘去?'但是怎么好开口向组织提出来,组织又哪里会批准呢?闹得不好,会招惹来许多麻烦,说不定还会加重对咱们的处分。不过,听说这次下放劳动的时间不会太长,一年半载,至多两三年,咱们还是会回到北京来的。"

"唉!两三年,一个人一辈子能够有多少个两三年呢?将来咱们回到北京来,恐怕彼此都'纵使相逢应不识,尘满面,鬓如霜'了。"她的声音已经开始有点哽咽,眼眶里转悠着热泪。

这样谈下去肯定不会有什么结果的,只会越谈越伤心,我只好变换一个话题:"不谈这个了。依你看,在这次运动中,咱们究竟犯了什么错误?"

她突然变得激动起来:"错误? 要说有错误,就错在咱们心还不够狠,手还不够辣,做不出卖友求荣、落井下石的勾当来。特别是你,你是个支部书记,要是你肯多检举揭发几个人,把他们都打成右派分子,不但不会犯错误,说不定还会飞黄腾达、青云直上呢!"

相对无言,一段长时间难堪的沉默。

夜色越来越凄怆,我们的心情也变得越来越沉重和忧郁。更深露重,晚上九点钟"净园"的时间已经到了。我们只好依依不舍地离开这个"月迷津渡"的地方。但是那一次的郊游和谈话是我终生都忘记不了的。我不知道,这是我的幸福还是我的不幸。

我们这一代人的不幸遭遇,事过情迁,当今的青年人当然是很难理解的了。但,我以为不妨让他们多少知道一些,这不会使他们悲观,而是会使他们产生一种痛苦而又对未来带有强烈的希望的感情。总结了一次经验之后,人们还是会奋勇前进的。

1983 年 4 月

月亮轶事

◎从维熙

一

关于月亮的第一个传说,可以追溯到我童年时代刚刚懂事的中秋节。一轮皓月横空而出,像盏灯笼一般挂在天上。母亲站在场院,告诉我那轮圆月之中,有一只兔儿爷在一棵桂花树下捣药。

我一边嚼着月饼,一边睁酸了双眼,随着母亲的手指,似乎真的看见了那树和兔儿爷的影子。其实,月球上的几块暗影,随你去说它是什么。但母亲讲的老辈子传留下来的兔儿爷为月宫娘娘捣药之神话,便在我童心之中定位了。

爷爷是满清年代的最后一批秀才,对我灌输的常常是与月亮有关联的诗歌。也是在院子里那片空场上,他强迫我背诵有关月亮的诗篇:床前明月光/疑是地上霜/举头望明月/低头思故乡。记得当时我总是把"举头"二字,背诵成"抬头",为此挨过爷爷的手板。我不服气,曾质问过留着银须般胡子的爷爷:

"'头'怎个'举'法?"

爷爷说:"举头是个比喻,比直说抬头,要含蓄深沉些。"

我与爷爷争辩道:"脑袋长在自己脖子上,把头'举'起来,脑袋就和脖子分家了,人不就死了吗?"

爷爷说我是个三斧子劈不开的枣木疙瘩。之后,我从爷爷嘴里知道了大诗人李白的名字,爷爷说他就爱喝酒,酒后什么毛糙事儿都干。有一回他醉酒后,曾经跳到一条名叫采石江中去捞月亮,结果淹死在这条江水里了。

我当时尽管稚嫩,在家乡的河沟里洗过澡,知道水中月亮是天上的月亮的倒影,是永远也捞不起来的。于是我对爷爷说:"这人真傻,月亮在天上……"

爷爷打断我的话,纠正我说:"这不是傻,而叫痴情。长大了你就会慢慢知道了,诗文中间学问大着哩!一着纸笔,文人的思想就像天马行空,百无禁忌,啥词儿都可能蹦到纸面上来。"

当时,爷爷还不会用"浪漫"这个字眼形容李白。待我的生命慢慢挨近了文学时,才对爷爷说不清楚的那些问题,有了从朦胧走向清晰的答案。比如古代流传下来的李白捞月而死之说,就是根据李白狂妄不羁的浪漫性格而演绎出来的另一个浪漫神话。李白历经命运的沉浮之后,是病死在安徽当涂的。尽管如此,我认为在《唐摭言》一书中,根据李白的孟浪,编织出来"李白捞月"而死的那位作者,至少不是个庸才。他使那么多后人信以为真,并在民间广泛流传。至于我爷爷对儿时的我讲这个故事时,是他以假当真,还是出于他对诗仙李白的崇敬,有意以假乱真,我就不得而知了——因为祖父已去天堂追踪李白,有五十几个年头了……

这一切一切,都关联着天上那一轮明月!

二

　　月亮是有情物。它给人类文化积淀增加了许多阴柔的色泽。试想，宇宙如果只有光焰四射的骄阳，就如同人类混沌之初，只有亚当而没有夏娃那般，地球会因而不仅变得单调，甚至会发生失阴的倾斜。什么花前月下的情誓，什么荷塘月色的朦胧诗情，什么舞袖的月里嫦娥，什么彩云追月……统统会化为乌有。那就如同人类幻想的羽翅，失去了一翼；多少浪漫的神话，多少文学故事，因无法孕生而夭折于文化的子宫。

　　人类是需要幻想的，死去幻想的人生是活动着的木偶戏。幻想不仅是文化的腹地和摇篮，还可以称之为科学的助燃剂。人类幻想有朝一日，能像大鸟般地飞翔，于是有飞机和飞艇。美国阿波罗号宇宙飞船，于二十世纪七十年代，首次探秘登上了月球，从月球上取下石块和泥土，证明它是无生命存在的一个冰冷的星球。但是从飞机至宇宙飞船的科学飞跃，幻想仍是推动科学嬗变的思想基因之一。人类并不因为月亮被证明为无生命的冰冷星球，而对天上那轮皎皎明月有任何感情疏离。

　　一九九四年在访美期间，我顺路去看望在美工作和学习的儿孙。十分凑巧，离他们城市约三百公里的地方，木化石野外公园中有一座月亮山。此山之所以得名月亮山，皆因其地形地貌都酷似阿波罗宇航员登上的月球。

　　在那空旷无人的秃山峰群之中，我扮演了当年我爷爷的角色，对他们讲起月亮里的各种故事。两个小孙孙初则听得出神入化，继而对我提出了一些问题：

"月亮上不是无生命吗,就和这月亮山一样?"

我说:"是。"

"那么哪儿会有兔儿爷捣药,哪儿会有奔月的嫦娥!"

我告诉他俩这是人们对月亮美好的幻觉。为了使孩子知道幻想对于创造的重要价值,我反诘两个小孙孙说:"你们见过真实的米老鼠和唐老鸭吗? 那为什么你们对童话片着迷?"

"爷爷,您讲的是中国童话?"

"中国好听的童话,比美国的多。"

接着我仿效我爷爷,对小孙孙讲起了李白的诗,与李白捞月而死的传说。孩子们听呆了。归来之后,有一天凤凰城上空升起了一轮明月,两个小孙孙拉着我的手,说是要去看那棵桂花树和兔儿爷。月夜似水,庭院内万籁无声,我在月下望着小孙孙仰着脖子眺望天上那轮圆月时的憨稚神态,心中充满惬意。因为这至少说明中国的浪漫神话,给这小哥俩插上了欲飞九天的幻想翅膀。

他们看得脖子疼了,说看不清楚。我说:"中国农历八月十五,是美国的哪一天? 你俩查查台历。到那一天,地球离月亮最近,因而月亮最明亮。你们或许在那个夜晚,能看到捣药的兔儿爷和那棵桂花树!"

月鉴

◎贾平凹

　　近些月来,我的脾气越发坏了,回到家里,常常阴沉着脸,要不就对妻无名状地发火,妻先是忍耐,末了终觉委屈,便和我闹起来,骂我有了异心。这般吵闹一场,我就不免一番后悔,但却总又不能改掉。今天夜里,我们又闹开了,结果妻照样歪在一旁抹泪,我只有大声喘着粗气,吸那卷烟,慢慢便觉得无地可容;拉开门,悄悄往村前的草坝子里去了。

　　"你就不是个人!"妻撺在门口,恨恨地还在骂我。

　　我没有还口,只是独独地走去,觉得妻骂的是对的:我怎么总要在她面前发脾气呢? 她性情极温顺,我是太不知轻重的了。结婚三年来,我的蜜月期的温存哪儿去了? 明明知道是自己无理,却还这样行为,弄到如此模样,活该我不是一个人了呢!

　　巷道是窄窄的,有几声狗咬,顺石板一块一块走去,又弯弯曲曲挪过田间小埂,草坝子就在眼前了。草很高,全是野苇眉子,冬天的寒冷,使它们已经失去了生命,却并没有倒伏,坚硬得有灌木般的性质了。月亮正要出来,就在草坝的那边,一个偌大的半圆,那是半团均匀的嫩黄,嫩得似乎能掐出水来,洁净净的,没一点儿晕辉;草坝子上却浮起了一层黄亮,竟使人疑心,这月亮从黄草里生出来,才染得这般颜色了。

我定定地看着月亮，竭力想把那烦恼忘却，月亮却倏忽间是玫瑰色的粉红了，似乎要努力从草丛中跃起，却是那么地艰难，草丛在牵制着，已经拉成一个锥圆形状；终在我眨眼的工夫，一下子跳出一尺高来。草坝子上，现在是一层淡淡的使人伤感的橘红，而且那淡还在继续，最后淡得没了色彩，月亮全然一个透明的净片，莽草也像柔水一样地平和温柔了。

海上的日出，我是见过的，大河的落日，我也是见过的，但是，那场面全没有这草坝上的月升优美。我竟有了惊异：漠漠的天空有了这月亮，天空这般充实，草坝有了这月的光辉，草坝显得十分丰满：我后悔今日才深深懂得了这夜，这夜里的月亮了哩。

我闭上眼睛，慢慢地闭上了，感受那月光爬过我的头发，爬过我的睫毛，月脚儿轻盈，使我气儿也不敢出的，身骨儿一时酥酥地痒……睁开眼来，我便全然迷迷离离了：在我的身上，有什么斑斑驳驳地动，在我的脚下，也有了袅袅娜娜的东西了。回过头来，身后原来是柳、草，阴影匝匝铺了一地，层次那样分明，浓淡那样清楚……不知什么时候，有了风，草面在大幅度地波动，满世界价潮起泠泠声，音韵长极了，也远极了，夜色愈加神秘，我差不多要化鹤而登仙去了呢。

脚步儿牵着我往草坝中走去了，像喝醉了酒，醺醺的，终于支持不住，软坐在那草丛里。月亮照着我，波动的草一会儿埋住我的头，一会儿又露出我的脸。那蒿草原来并不是水似的平和，茫茫的却是无数的弧形的线条呢。线条先是一条一条的，愈远愈深密，当那波动到来的时候，那是一道道细微的银坎儿，极快地从远处推来，眨眼间埋没了我的头顶。蓦地，一只夜鸟在响亮地叫着，从天边斜着翅膀飞来，一个黑影儿掠

126

过我的脸面，它还在叫着，飞着，似乎在欣赏和追逐自己那草波上的倩影呢，接着就对着月亮又是一叫，飞得无踪无迹了。

这鸟儿一定在感谢月亮，使它看见了自己的影子吗？

我侧起头来，突然想道：在这夜里，有了月亮，世界上的万物便显出了存在，如果没有了这轮月亮，那会是多么可怕的黑暗啊！

月亮该是天地间的一面镜子了呢。

一个人影突然在我前边不远处出现，样子斜斜的，那么单薄，也正仰头看着月亮，而且有了一声长长的喟叹。这是谁呢？世上难道还有和我一样烦恼的人到这里来吗？那纤小身腰的线条，那高高隆起的发髻，我立即惊慌不已了；她不就是我妻子吗？

可怜的妻，她竟也到这里来了！天呀，如今看来，我真不配做人了，我害得她夜里不得安宁！唉，一切苦闷应该归我，为什么要牵连她呢？她应该是幸福的，应该是快乐的，可她却也来了呢！

我向她走去。我们在草坝深处相遇了。

"你怎么也来了？"我说。

"我来清静。"她淡淡地说。

"……都是我不好，惹你生气了。"

"你好！我生你什么气了？"

"我向你求饶，以后再不这样了……"

"这话你讲过多少次了？"

"你还不饶恕我吗？"

妻却呜呜地哭了。

"你在外边，又说又笑，回到家来，就没个笑脸儿……"

月

"我哪有那么多笑脸?"

"你总是发脾气,拿着我出气……"

妻委屈得说不下去,捂了脸,从草丛里斜斜地走了。她走了,把我留给夜里,把我的影子留给了我。风已经住了,潜伏在蒿草根下去了,消失在坝子外的沙滩上去了。月亮还在照着,照得霜潮起来,在草叶上,茎秆上,先是一点一点地闪亮,再就凝结成一层,冷冷的,泛着灰白的光。

无穷无尽的悲凉陡然袭上我的心头了。唉,我该怎样恨我的脾气呢,恨我的阴脸呢,我担心我会永远这样下去,总有一天,妻会离弃了我,我在不可自拔的境况下堕落下去,死亡下去了呢。

我检点起我自己了:是我对妻有了贰心了吗?没有的,一丝一毫也不曾有的,我对妻是忠忠的,是爱爱的,世上没有第二个像我这样的专诚的了。

我不觉又该怨起妻了呢,她是不理解我的啊:我在外,老是有看不惯的事,但我不能去正义,只是憋着,还得笑笑的,回到家里,在亲人面前,我还再这么憋着气吗?还再这么笑吗?

我记起一位哲人的话了:夫妻是互相的镜子。是的,妻确实是我的镜子了,在这面镜子里,我虽然近乎于残忍,但我的人的本性才表现了出来;离开了妻,我才不是人了,是弯曲的人,是人的躯壳啊!

月亮还在草坝上照着,霜越潮越重了,那草的茎上,叶上,沉重得垂下去了,光亮却异样地晶莹,幽幽地,荡起一股凉森。我觉得衣衫有些单薄,踽踽地要往回走了。

走出了草丛,又站在了那株柳下,看斑斑驳驳的树影印在地上,不用晃动,每一条枝,每一片叶,都看得清晰。我想,画家画树,枝条交错,叶片翻动,那么生动,那么气韵,一定是照着这影子画就的了;亏得月的镜子,把一切纷纷乱乱都理得多么明白!

啊,妻就是我的镜子吗?妻就是我的月亮吗?

我大口地呼吸着,将草坝的气息蓄满了心胸,张开了双臂,似乎要拥抱这轮中天月了。我深深地祝福这天地之间有了这明白的月亮,我祝福在我的生活里有了这亲爱的妻子!

我很快地向家里走去了,我要立即见到我的妻,检讨我的粗鲁,但我要向她大声地说:

"我还是人呢,我发现我还是人呢,我要做人,我要永远做人,在妻前,在月下,在任何地方,都要作为一个人而活下去!"

十五的月亮

◎高红十

列车剪开东北大地,一路南行。

正月十五的月亮——癸亥年第一轮满月圆极了,亮极了,照耀着坦荡无垠的雪原。冬天的积雪融缩了,颜色转暗,笔直地伸向远方的雪线是地垄和沟渠;蜿蜒、忸怩的镜面是河流、水塘。起起伏伏的地廓,疏疏朗朗的树影,高高低低的屋顶,错错落落的烟囱,款款从车窗外掠过,因为清清白白的月光变得神神秘秘。

哦,灯!簇集的村庄上端,高挑起一盏又一盏灯笼。那团团的、带着幽幽暖意和绸缪人情的红光洇湿了寒夜,扩展、荡漾向尽可能远的远方。

村外,大约坟冢地也亮着灯,十字花,三角形,有的坟头索性燃着一堆火,明丽的橘黄色光辉为了把死去的亲人从孤寂、凄冷的世界唤回,共享今宵的光明与温暖吧。

两天前,我在小兴安岭深处,在木栅栏围着、拌子垛挤着的林业工人住宅区里见到过它们——一家院里一根灯笼杆。林区有的是木头,捡长的、直的栽一根就成,灯笼挂起有两房子高,为了翘首远方和让远方注目吧,可以用线绳拉上拉下。一色红纸糊就,灯笼有圆形、椭圆、四方、多棱,以椭圆宫灯式居多,金黄的灯穗迎风招摇。有的灯笼杆顶部还插着小旗和散开礼花样饰物,花花哨哨,野趣甚浓。加之院门上"天顺地顺一切顺"的对联,不怕冻屁股大胖小子抱鲤鱼的年画,环衬四围苍莽的山林,一个院落,就是一个春意盎然的世界呢。

"城里有灯笼杆么?"脸蛋儿红红的林区小姑娘嚼着冰问我,仿佛嚼着诱人的冰糖。

"住楼房,没处栽灯笼杆。"

"那灯笼挂哪儿?"

"不挂。"

"不挂?"她惊讶了,停止咯吱咯吱的咀嚼,"不挂灯笼,过年你们点啥?"

"什么也不点。"

"不贴对联,也不挂年画?"她穷追不舍地问。

对了,小姑娘,你问着了,城里过年不贴对联,也不挂那种红红绿绿的年画,嫌它俗气,至多挂个年历、挂历什么的。

脸蛋儿红红的小姑娘失望了,懒怠再问,自顾嚼起冰来,她想不出,也搞不懂,不栽灯笼杆,不点灯,不贴对联,不挂年画,怎么从这个年过到下一个年? 有什么意思? 有什么味道哟? 人人都说城里好,这回,她可不信了,光能大把花钱,(天呐,喝水也要钱!)没来钱处,还愁花不光么? 花光了,咋整? 城里太憋屈,没有大森林,没有五花山,没有酸甜的山茄子,冒油的松子,没有灰狗子、野鸡,城里人家没有烧拌子的火墙,棉靰鞡踩雪踩湿了搁哪儿烤干呢? 城里更没有清林时隔一层棉帐篷住着的,嗓子像水缸一样粗,爱唱歌唱不好,爱干活能干得很好的白白净净的小伙子。嗯哪,城里没啥好羡慕的,她不爱,她爱长满红松白桦的大森林,她爱生她养她的小兴安岭。

"十五在这儿过呗,看我们踩高跷,扭秧歌。"她热情地挽留。

　　的确，十五的月亮可以作证，年，要到下边去过。劳动人民对过年是极其重视和全力以赴的。一年到头了，有闲暇和闲情集中展示美好的心愿，吃香的，喝辣的，点亮的，放响的，红红火火，热热闹闹，排排场场，从腊月末一直铺陈、繁衍到正月十五月上中天。

　　城里呢，我想起菜市场迷魂阵一样买瘦肉和黄鱼的长蛇队，苦笑了……

　　我把额头贴在冰凉的窗玻璃上，看那十五的月亮与火车同行，时而骑上车顶，时而滑落到车厢那边。广播喇叭里播放着一支很有些年头的动听的曲子："正月里采花无哟花采，采花人盼着红哟军来，采花人盼着红哟军来……"委婉、深情的旋律使十五的夜变得有声有色，耳边一片嗡嗡嘤嘤，假满离家的人们在唠嗑、嗑瓜子、甩扑克。对座衣帽钩上挂一支嫩绿色塑料玩具枪，枪把轻敲车壁，枪口斜向车顶，火车载着充实丰富的人生，在清辉飘洒的大地上奔走。

　　一九六九年一月，拉知青的火车在《大海航行靠舵手》的乐曲声和送别人的呜咽声中驶离了北京站，甚至再早些，一九六六年下半年的大串联，我便开始了闯江湖生涯。为了免遭排队挤车之苦，经常节假日登程上路，飘泊四海，无羁无绊，随遇而安，什么节不节的，无所谓。反正未知的站名比已知的多，靠着窗口，迎着凉风和煤屑，只管朝前走吧。

　　串联的时候，我还不到十五岁，胆小，上路喜欢结伴，没伴的话，也渴望在面善的旅人中找到一个，然后听我一个人说，说。记得插队第一年探家返回的路上，一位我唤做阿姨的旅客听了我的讲述，竟邀我下车，去她家住上几天。要不是怕中途上车座位难找,我真会跟她去呢。那时候,我是那样轻易地相信别人,少提防,少戒备。遇到过坏人么?遇到过。十九岁那年,我送生病的知青回城,遇见了几个。现在想想,可能算不得坏人,学得略微流气些罢了。

"我一大早起来,赶着羊上山……"其中一位找茬与我搭话。

"胡说,一早草上有露水,羊吃了要拉稀,得太阳出山才放羊呢。"

"你小点声。我挥着一根赶羊的长鞭……"

"又胡说了,放羊用小鞭子,要么使拦羊铲。长鞭,又不是赶马车。"

"你是去省城开知青积代会的代表吧?"

"不,我还不够,还要努力。"

我一脸的正气,一正压百邪,他们终究未敢造次。

再往后,独自上路比结伴的时候多,我变得矜持,不怎么讲话,爱东看西看,想七想八了,该想明白的事是那样多。在此站至彼站的行进中,在相聚与分手的循环中,在观察与思考的更迭中,我长大了,变得自信、坚忍、成熟,能坦然地听孩子们叫我阿姨了。真的,现在一个人出多远的门,我不会害怕了。

火车上度过那样多时光,未见今夜美景良宵。我偏爱的北国风光,涂抹上皎皎月华的黑魆魆土地越发壮阔、深邃,使人以为这块土地上的生活也是圆满的、幸福的、值得珍视的。老天为了补偿以往上路的劳顿、困乏、屡屡受搅的自尊,馈赠我十五的月亮吧,衷心地谢谢了!

灯笼杆远去了,坟冢上十字花形灯没有了,千篇一律的城市灯光多了起来。窗玻璃绽冰花了,雾腾腾车厢里起了鼾声,十五的月亮西斜了。月亮如同生活,圆满的时候,也许有,但很短暂,一年之中才十二天,当然彻底黑暗也不多。大多数是有月,但也总有缺陷和缺憾;将圆,而未圆尽之时。

再见,十五的月亮!孕怀无数好诗好歌,产生熠熠希望理想的月亮,祝福我、关注我走向十六,走向星期一,走向本次列车的终点,走完人生之路吧!

"呜——"

月亮颔首了。

明月落我心

◎邓洪平

　　早晨,从成都乘火车去山城重庆,为的是参加《西南旅游》三省四方一年一度的年会。计里程,需十三个小时。在火车上落个硬座,准备熬过这漫长的一天。

　　这一天虽然漫长,但人的思想却可于这漫长中自由驰骋,甚至于停泊于幻想中的,时间流止的,静静的港湾,让疲惫的大脑得到充分休息调整,或像那片秋之红叶浪漫地躺在那静静的绿水上,任微风荡着来,任阳光亲抚来,等月儿入梦来。有时也可用邻座的南腔北调,响彻车内的康定情歌、四川金钱板、冯巩姜昆……将那单调、乏味和干瘪的"漫长",充实成有如沱江上胀鼓鼓的风帆,随着那"隆隆——隆隆"的轮声,向重庆驶去。有时还于漫长中,将脸儿转向窗外,看远山含情,近水涌诗,麦苗青,菜花黄,公路上大小车轮滚……于是便觉得这漫长被缩短了,心里便有了几分自得。虽如此,心里仍感到这滋生于喧闹、群体中的寂寞,比滋生于寂静、孤独中的寂寞更漫长难耐。可是,当车至重庆终点站,抬头望见那轮仿佛悬挂于城市半空的橘似的明月,那漫长、寂寞宛然顿时逝于天外,心里为之一震,顿时便清凉、热闹起来。

　　我本川西布衣,六十年代,就读于西南师范大学中文系,每逢寒暑假,便往返于重庆——成都,成都——重庆,对重庆特产山、水、雾、灯,常常引以为谈,引以为豪,而对重庆的月亮却忽视了!乃至眼下,望见车站上空那轮皓月,深情地将那水似清光,泼洒于拥挤着的人流前进的脚下,方知她的可亲与可爱,始觉对她的粗心、忽视和冷淡,在心底造成的不安与内疚。是的,在人生的旅途上,不该忽视的有时却被忽视了!何况她还是一个永恒的光体呢。

记得初到重庆,一眼便迷上了这里的雾——浓时像农家升起的炊烟,将山城罩得黑咕隆咚的,夸张点说,乃至雾中行人需戴宽边帽,不然会碰个鼻青脸肿,弄得哭也不是,笑也不是;淡时像街巷拐弯处飞扬着的薄薄的酒旗,只待太阳从云层里钻出来,饱蘸光墨,醉醺醺地在那上面写个桃红似的"又一村"。尔后便知:这雾也多情,对重庆的山水街巷,简直恋到了灯光赶不走,车声喝不散,门关不住,窗也关不住的地步。可是,这便苦了天上的月亮,她常常是一往情深地隔雾凝视山城,而山城几时隔雾放眼月亮呢?多亏月牙儿一生冷静,耐得寂寞,不然,她也许会被山城那巍巍然不可一世的大男子德性,怄得更憔悴、更苍白的。

重庆因城建于山之巅、山之腰、山之麓而被誉为山城,而闻名遐迩,而引以为骄傲。记得乍到重庆,站在菜园坝坎车站,看那或浓或淡,或动或静的雾中城市,简直把人弄愣了——才说那楼、那房、那屋好拥挤、雄伟,却又于拥挤、雄伟中露出山的头,山的脚,山的腰杆;才说那山、那树好高大、坚实,却又于高大坚实中露出城的阳台、窗口和支撑那房、那屋的破旧竹木。尔后,那由竹木支撑的房屋终被水泥建筑所替代,那山头、山脚、山腰终被密密麻麻的大厦、宽街所遮掩,而于雾中看它们,依然分不清是铁的兽背似的山,还是绵延起伏的城。遗憾者，每当黄昏或清晨，那嵌于山城上空的一痕月儿，往往被人遗忘。现在回想起来，简直令人怪怜悯的。在楼房与楼房，山峰与山峰间巴掌大的蓝天上，月牙儿带着一股清新的气韵出现了，亮亮的像丽人一弯眉毛，甜甜的若美女一嘴浅笑，细心人望着那痕淡淡的光体，往往惊叫，你们瞧，那月牙儿……话未完，她便化作一缕云、一缕雾飞走了，被人遗忘了。她走了，走得那么匆忙。她被遗忘了，遗忘得那么深。这是雾的过失，抑或是我的粗心？无论如何，我不能忘却那亮亮的一眉，甜甜的一笑。然而，人生最悲哀者，莫过于该遗忘的反被记住，该记住的反被遗忘。虽如此，那浅浅的一痕毕竟是个光亮体，不管你记住也罢，遗忘也罢，她依然来去于天庭小径，隐现于山城的高空。这也许便是她的秉性，她的光艳之所在吧。

山城有个鹅岭公园，鹅岭即鹅项岭的简称。整个山城像个鹅头样的半岛。它仿佛与长江、嘉陵江汇合处的朝天门有不解之缘。那鹅头扎入朝天门前滔滔巨浪之中，千百年来，痴饮不松口。而长江、嘉陵江也若美女的两条玉臂，从朝天门伸出，将它紧紧地搂抱着，千百年来，长抱不松手。望着这如此多情、如此风流的江山，我曾写了一首顺口溜："鹅痴饮江水，水痴抱鹅头。两情若水在，悠悠千古留。"如果人间真有三角恋爱存在，那么大自然也是不例外的。正当这里的山和水恋得热火朝天的时候，哪知那无声的月亮竟悄悄地投入长江和嘉陵江的波光浪影里。"春去秋来不相待，水中月色长不改。"诗人、作家常将水和月亮比作女性，于是才有水的柔情与月的静美之说。我曾停立长江、嘉陵江边，看那东升的皓月，或西沉的月牙，它们跳荡于波之峰，浪之谷，将那面光之纱幔高高地挂于船桅之上，在风与渔歌中摇摆起伏，始终是那样地柔美、圣洁。于是,便发出一种奇想:明月照山城,山、水、月相恋,月被山忽视了,滑落于水中,与水相处如故,无嫉妒之心,更无失落之感,这是何等的旷达啊。在船来车去的旅途生涯中,重庆是我落脚最多的一大胜地。然而令我起眼和谈吐的,除这里的山、水、雾、城外,还有这里的万家灯火。入夜,站在两江亭或枇杷山高处,近瞰那重重叠叠、起伏跳荡的万家灯火,便联想起天上密密麻麻的星辰与银河无声的星涛星浪。即是那轮皓月于众星的烘托下,辉耀于我的眼里,却仍被我一次又一次地忽视了。眼下,望着车站上空那轮皓月,用那光的手臂不停地向我招呼,那静美的脸上向我露出亲切的微笑,我能对她说什么呢?于千头万绪的感情纷扰中,我想起李白的名诗:"白云还自散,明月落谁家。"是的,那曾经一度又一度被我忽视的皓月,该归落我心,该归落山城百姓家了。

西昌地区空气好,光的透明度大,那儿的月亮虽然美好,但离人仿佛更遥远。重庆也许是由于山城或雾的缘故,这里的月亮看去离人要近些,有一种亲近感,仿佛伸手可抚,可与之同步共行。重庆是西南地区重工业基地。不知什么缘故,我总觉得这里的月亮仿佛很厚重实在,白里透出依稀可辨的红,冷中透出微微感觉的暖。新月像把刚淬火的镰刀,满月像坨刚出膛的钢锭。而眼下,那高挂于车站上空的皓月,极似刚出膛的钢锭,正向我显示它的厚重与温暖,于我心深处折射出一种月宫不冷的诗。

我久久地徘徊于车站门前,远处长江大桥上的两排大而白亮的路灯,竟然幻化成一个个圆月向我飞来。也许由于我有了新的偏爱,有了新的大彻大悟,居然觉得山城的万家灯火不如以前那般星儿似的小,星儿似的暗,竟然变得月亮似的大，月亮似的亮，月亮似的辉煌。于是，我翘首夜空，那无垠的高天依然悬挂着那轮静静的橘似的圆月，而放眼山城，那满城灯火竟变成无数颗厚重、温暖的月亮，闪耀于我心海的上空，那般光明，那般灿烂。"明月有情还约我，夜来相见杏花梢。"趁着初降的夜色，告别火车站，我急步向通往重庆出版社招待所的电车站走去。待我下榻，我还将在深沉的夜色里，与山城明月相见于招待所花园，那无名的春花旁，水池畔……

乡村月光

◎陈刚

　　"今夜我低吟的舌头,是一枚含在口中的月亮"。这句话是我喜欢的诗人洪烛说的,我在他的一首诗里看到过。我还读过他许多怀念乡村的诗歌和散文,语言是思想的花朵,这些花朵高挑在他的乡村诗篇里,所以我相信这枚含在他口里的月亮一定来自乡村。其实我也近乎冥顽地喜欢着乡村里的月亮以及月光下发生的故事。银光泻地,粼粼如水,那种特别纯净的感觉,让我经常在孤独冥思的夜晚无限怀念,心里面弥漫出淡淡的感伤。

　　那是一轮上弦月。远处山峦的轮廓在月亮淡淡的清辉里模糊着,稍近的庄稼呈现出素描的静态。我的父亲蹲在稻场里的磨刀石旁磨一把锈蚀的镰刀,他的职业是教师,回家后就成了农民。我看见他给灰色的磨刀石溅上水,然后手里的镰刀开始有节律地滑动,金属的光泽在月光下不断闪耀,镰刀上的锈蚀与磨刀石上的水纠缠成了褐色的泥浆滴落于地。镰刀的锋利本色渐渐呈现在我们的眼前,寒光夺目。父亲指着镰刀说,磨刀是做父亲和老师的本分。锈迹就像是人身上的缺点,需要经常有人来磨一磨啊。经历了些世事后,我才慢慢明白了他这番话里的深刻含义,那弯上弦月无意中照亮了我人生中的一个隐秘。父亲意味深长的话语和那弯残缺的上弦月也因此成了我生命中刻骨铭心的记忆。这是一个沉淀在我记忆深处的含蓄的乡村月夜。

七月十五，月上中天。这是乡村里的一个节庆，叫作月半，又称鬼节，是逝去的亲人在阴间团圆的日子。乡亲们对这个节日心怀崇敬，把它铺摆得相当郑重。母亲在炖熟的腊猪头上插了筷子，叫我端到月光下的供桌上，让先人们品尝。月光如洗，散发出热气和香味的腊猪头给这个夜晚营造了一种特别的氛围，几只站在供桌边缘的瓷碗在月光下夺目生辉。父亲嘴里念念有词，他在给先人们敬酒。我看到一缕闪着亮光的酒水瞬间熄灭于月色中，在视线的尽头缩小成了一摊积液。芬芳的酒香气随即氤氲而生，我想象着先人们在月光下愉快地闻香视色。母亲点燃了预备的冥钱，纸的灰烬在微风中翻飞飘舞。就在我愣神的刹那间，稻场坎下的苹果树枝猛然向下一沉，一只猫头鹰箭般射向渺茫的天空。这突然迸出的轻微声响，连敏锐的狗都没觉察出来，它呆呆地立在原处，无言聆听。祖父站在月光下朗声说道，先人们都很满意，他们回去了。我想象中一大群老人正在悄无声息地离开供桌，他们银白的长眉下应该闪烁着一双儿童般清澈的眼睛。但我并没真正看见我所想象的情景，因为他们生活在另一个神秘的世界里。在这片皎洁的月光下，乡村生活的艰辛早已远远离去，留下的只是人们充盈心怀的欣慰和宁静。尽管我们也许会荒疏掉其中一些诗意的细节，譬如在这样一个具有神性境界的乡村月夜。

下弦月还没有冒出来。群山在黑暗中环抱着田野，吊脚楼的屋檐上有几粒夜露珠在瓦楞上悄悄聚积，视野被黑色填满，没有一丝余地。那弯下弦月犹如镜中的水银，隐藏在天空的深处，这是宇宙的秘密。母亲带着我与弟妹们在昏暗的油灯下划白肋烟,尖锐的刀子在烟筋上划出噗噗的响声。由于光线太暗的缘故,我的听觉出奇地好,我被这种单调但余韵无穷的声响渗透了全身。烟刀刺入凸起的烟筋时发出的低沉堵滞之声,然后在筋络上飞奔时发出的欢畅音调或者烟刀不小心滑伤叶片的清脆响声,都在我们快速移动烟刀的瞬间暴露无遗。这是乡村里一支简短的经典小曲,弹唱在我们等待下弦月出现的前夕。这活路除了要求我们有娴熟的技法,还需要有足够的耐心。我们一直在耐心地等待着那轮下弦月从炉子坡上冒出她羞涩的脸庞,等待着我们划过的白肋烟叶悄然融溶于流动的乳色月光中,呈现出一片恍惚的美来。但母亲没让我们等到月上树梢,她让我们先睡了。她一个人上烟。她把四匹大小相当的烟叶叠在一起,然后均匀地绞在烟绳上,从脚下顺着烟绳向远处一节一节地铺展。后半夜了,我被月光冻醒了一次。母亲还没有睡,她把油灯灭了,在月光下默默地上烟。我又醒了一次,她还在上烟。母亲完全沉浸在了月光下的澄明之境里……我辗转反侧,我不知道母亲在大半辈子的忙碌中,度过了多少这样的不眠之夜!这个月夜给我的记忆提供了难忘的背景,构成了我在回忆往事时不可移易的现场。那晚的月光经常在我清晰的回忆和模糊的泪眼中闪耀。

我在《人民文学》上读到了乡村诗人田禾一首题为《蝉声》的诗,他说:"今夜/最美的/还有落在院子里的月光。"我就感动。他一个人听蝉,也偏爱在乡村的月光下。我坚信有那么一个月光下的美好的记忆肯定深刻在诗人的心中。记忆里有一片乡村月光,会让我们感觉到生活是一件值得回味的美好事情啊。

杏黄月

◎张秀亚

　　杏黄色的月亮在天边努力地爬行着,企望着攀登树梢,有着孩童般的可爱的神情。

　　空气是炙热的,透过了纱窗——这个绿色的罩子,室中储蓄了一天的热气犹未散尽,电扇徒劳地转动着。桌上玻璃缸中的热带鱼,活泼轻盈地穿行于纤细碧绿的水藻间,鳞片上闪着耀目的银光——这是这屋子中唯一出色的点缀了,这还是一个孩子送来的,他的脸上闪烁着青春的光彩,将这一缸热带鱼放在桌子上:

　　"送给你吧! 也许这个可以为你解解闷!"

　　鱼鳞上的银光,在暮色中闪闪明灭,她想,那不像是人生的希望吗? 闪烁一阵子,然后黯然了,接着又是一阵闪光……但谁又能说这些细碎的光片,能在人们的眼前闪耀多久呢?

　　杏黄月渐渐地爬到墙上尺许之处了,淡淡的光辉照进了屋子,屋子中的暗影挪移开一些,使那冷冷的月光进来。

　　门外街上的人声开始嘈杂起来,到户外乘凉的人渐渐地多了,更有一些人涌向街口及远的通衢大道上去,他们的语声像是起泡沫的沸水,而隔了窗子,那些"散点"的图案式的人影,也像一些泡沫:大的泡沫,小的泡沫,一些映着月光的银色泡沫,一些隐在幽暗中的黑色泡沫,时而互相地推挤着,时而又分散开了,有的忽然变大了,闪着亮光,有的忽然消灭了,无处追寻。

忽然有个尖锐而带几分娇慵的声音说:

"月亮好大啊,快照到我们的头顶上了。"

接着是一阵伴奏的笑声,苍老的,悲凉的,以及稚气的,近乎疯狂的:

"你怕月亮吗?"

玻璃缸中的热带鱼都游到水草最密的方向去了。

街上的嘈杂的人语声、欢笑声,暂时沉寂了下来。

谁家有人在练习吹箫,永远是那低咽的声音,重复着,重复着,再也激扬不起来了。

月亮也似仍在原来的地方徘徊着,光的翅翼在到处扑飞。

门外像有停车的声音,像是有人走到门边⋯⋯她屏止了呼吸倾听着。

那只是她耳朵的错觉,没有车子停下来,也没有人来到门前,来的,只是那渐渐逼近的月光。

月光又更亮了一些,杏黄色的,像当年她穿的那件衫子,藏放在箱底的已多久了呢,她已记不清了。

没有开灯,趁着月光她又将桌子上的那封老同学的信读了一遍,末了,她的眼光落在画着星芒的那一句上:

"我最近也许会在你住的地方路过,如果有空也许会去看看你。"

也许⋯⋯也许⋯⋯她脸上的笑容,只一现就闪过去了,像那些热带鱼的鳞片,倏然一闪,就被水草遮蔽住了。

水草!是的,她觉得心上在生着丛密的水草,把她心中那点闪光的鳞片,那点希望都遮住了。

她快快地将信叠起，塞在抽屉底一些旧信中间。

那低咽的箫声又传来了，幽幽的，如同一只到处漫游的光焰微弱的萤虫，飞到她的心中，她要将它捕捉住……对，她已将它捕捉住了，那声音一直在她的心底颤动着，且萤虫似的发着微亮。

她像是回到了往日，她着了那件杏黄的衫子轻快地在校园中散步，一切像都是闪着光，没有水草……是的，一切都是明快朗丽的，没有水草在通明的水面上散布暗影，年轻的热带鱼们在快活地穿行着，于新鲜的清凉的水里，耳边、窗外、街头没有嘈杂的声音传来。那些女孩子们说话的时候，也没有这么多的"也许，也许"，她们只是写意地在那园子里走着，欣赏着白色花架上的茑萝，一点一点的嫣红的小花。"像是逸乐，又像是死亡。"她记得她们中间有一个当时如是说。那是向着那盛开的茑萝，向着七月的盛夏说的，其实什么是逸乐什么是死亡，她那时根本不了解，也因为如此，觉着很神秘，很美。她想，她永远不会了解前一个名词的意义了。

她睁开眼睛，又大又圆的月亮正自窗外向她笑着，为她加上了一件杏黄的衫子，她轻轻地转侧：

"一件永不褪色的衫子啊。"

月光照着桌子上的玻璃鱼缸，里面的热带鱼凝然不动，它们都已经睡去了，在那个多水草的小小天地里。

箫声已经听不见了，吹箫的人也许已经睡了，呜咽的箫已被抛弃在一边，被冷落在冷冷的月光里。

夜渐渐地凉了，凉得像井水。夜色也像井水一样，在月光照耀不到的地方作蔚蓝色，透明而微亮的蓝色。

她站在窗前，呼吸着微凉的空气，她觉得自己像是一尾热带鱼,终日在这个缸里浮游着,画着一些不同的圆,一些长短大小不同的弧线。

她向着夜空伸臂划了一个圆圈,杏黄色的月亮又忍不住向她笑了,这笑竟像是有声音的,轻金属片的声音,琅琅的。

十六的月亮

◎沈尚青

凌晨回家,屋里大大小小的人都在酣睡中,我打开露台的门,看见月华洒满一地,内心禁不住一阵惊喜。

中秋节没有月亮,月亮躲在黑云里。到了十六的晚上,她才悄悄地高悬半空。我看不到十五的满月,聊追十六的月,虽不那么圆满,然而仍澄净明亮。

立在铁栏杆前,背靠着栏,我张开双手,晒月亮。

蓦地觉得,好像有许久没有见过月亮了。

小时候读过一课书,好像叫做《月亮跟我走》。那时候,我做过无数次实验,晚上在家居的小巷来来回回地走,睁大眼睛走,又闭上眼睛走,无论走到哪里,月亮都在头顶上。

在那些燠热的秋暑季节,家里笼罩着一屋子恼人的热,入夜后即使把天窗拉得高高的,风一点儿也不肯进入。那时候母亲会得卷一张草席,拖着我们,一串的小人儿到营地大街中央酒店附近纳凉。我们一边走一边抬头看月亮,弓弯着的新月,半边明月,还有又圆又亮的满月。

那时候营地大街的晚上只有人没有车,行人道只有尘埃,没有垃圾,铺一张席,便可以坐下。整个营地大街绕着中央酒店周围都是纳凉的人群。晚饭后的节目就是纳凉,打一把扇,女人与女人诉说着当家的艰难,我们小孩子轻易遇上邻居,玩

"点指兵兵"、"界豆腐角",玩得满头大汗,在大人的喝骂声中,无可奈何地停下来。玩倦了,觑准母亲和邻人絮絮叨叨的当儿,我悄悄地躺下来,在习习凉风中不知不觉地入睡……最后又被母亲拧耳朵揪鼻子地唤醒,拖着仿佛不是自己的身体,闭着眼睛走回家。

我知道,月亮在我头顶上。

没有电视没有冷气的晚上,人与人之间的关系,是异常地密切的。

家里地方狭小,我做厅长。我的床顶着厅的一扇窗,窗对面也是一排矮屋,矮屋顶常挂着牙白透洁的月亮。她是那么地接近我。

关上灯,爸爸用葵扇给我扇凉,另一只手给我搔背上一团团的痱子,那痒痒的凉凉的感觉,令我好生受用。满月就在窗前,她给狭小的屋洒下一地光华,照亮了我的脸,也照亮我的心。我非常享受这燠热晚上的一刻,常假装着睡觉,借着月亮眯起眼睛偷看父亲,欣赏他的每一下动作,因感到父亲无比地爱我。

此刻万籁俱寂,世界仿佛只剩下我和月亮。我回到了赤裸裸的童年。天真、无畏无惧、不计得失、渴望爱……

我是大自然的一粒微尘,月亮是我的多年伴侣。我解开生活的枷锁,剥开成年人的面具,摊开赤裸的心,让它曝晒月光。

中秋的月亮

◎周作人

敦礼臣著《燕京岁时记》云："京师之日八月节者,即中秋也。每届中秋,府第朱门皆以月饼果品相馈赠,至十五月圆时,陈瓜果于庭以供月,并祝以毛豆鸡冠花。是时也,皓魄当空,彩云初散,传杯洗盏,儿女喧哗,真所谓佳节也。惟供月时,男子多不叩拜,故京师谚曰,男不拜月,女不祭灶。"此记作于四十年前,至今风俗似无甚变更,虽民生凋敝,百物较二年前超过五倍,但中秋吃月饼恐怕还不肯放弃,至于赏月则未必有此兴趣了罢。本来举杯邀月这只是文人的雅兴,秋高气爽,月色分外光明,更觉得有意思,特别定这日为佳节,若在民间不见得有多大兴味,大抵就是算账要紧,月饼尚在其次。我回想乡间一般对于月亮的意见,觉得这与文人学者的颇不相同。普通称月曰月亮婆婆,中秋供素月饼水果及老南瓜,又凉水一碗,妇孺拜毕,以指蘸水涂目,祝曰眼目清凉。相信月中有裟婆树,中秋夜有一枝落下人间,此亦似即所谓月华,但不幸如落在人身上,必成奇疾,或头大如斗,必须断开,乃能取出宝物也。月亮在天文中本是一种怪物,忽圆忽缺,诸多变异,潮水受它的呼唤,古人又相信其与女人生活有关。更奇的是与精神病者也有微妙的关系,拉丁文便称此病曰月光病,仿佛与日射病可以对比似的。这说法现代医家当然是不承认了,但是我还有点相信，不是说其间隔发作的类似，实在觉得月亮有其可怕的一面，患怔忡的人见了会生影响，正是可能的事罢。好多年前夜间从东城口家来，路上望见在昏黑的天上，挂着一钩深黄的残月，看去很是凄惨，我想我们现代都市人尚且如此感觉，古时原始生活的人当更如何？住在岩窟之下，遇见这种情景，听着豺狼嗥叫，夜鸟飞鸣，大约没有什么好的心情，——不，即使并无这些禽兽骚扰，单是那月亮的威吓也就够了，它简直是一个妖怪，别的种种异物喜欢在月夜出现，这也只是风云之会，不过跑龙套罢了。等到月亮渐渐地圆了起来，它的形相也渐和善了，望前后的三天光景几乎是一位富翁的脸，难怪能够得到许多人的喜悦，可是总是有一股冷气，无论如何还是去不掉的。只恐"琼楼玉宇，高处不胜寒"，东坡这句词很能写出明月的精神来，向来传说的忠爱之意究竟是否寄托在内，现在不关重要，可以姑且不谈。总之我于赏月无甚趣味，赏雪赏雨也是一样，因为对于自然还是畏过于爱，自己不敢相信已能克服了自然，所以有些文明人的享乐是于我颇少缘分的。中秋的意义，在我个人看来，吃月饼之重要殆过于看月亮，而还账又过于吃月饼，然则我诚犹未免为乡人也。

月夜之话

◎郑振铎

是在山中的第三夜了。月色是皎洁无比,看着她渐渐地由东方升了起来。蝉声叽——叽——叽——地漫长地叫着,岭下涧水潺潺的流声,隐略地可以听见,此外,便什么声音都没有了。月如银的圆盘般大,静定地挂在晚天中,星没有几颗,疏朗朗地间缀于蓝天中,如美人身上披着蓝天鹅绒的晚衣,缀了几颗不规则的宝石。大家都把自己的摇椅移到东廊上坐着。

初升的月,如水银似的白,把她的光笼罩在一切的东西上;柱影与人影,粗黑地向西边的地上倒映着。山呀,田地呀,树林呀,对面的许多所的屋呀,都朦朦胧胧的不大看得清楚,正如我们初从倦眠中醒了来,睁开了眼去看四周的东西,还如在渺茫梦境中似的;又如把这些东西都幕上了一层轻巧细密的冰纱,它们在纱外望着,只能隐约地看见它们的轮廓;又如春雨连朝,天色昏暗,极细极细的雨丝,随风飘拂着,我们立在红楼上,由这些蒙雨织成的帘中向外望着。那末样的静美,那末样柔秀的融和的情调,真非身临其境的人不能说得出的。

"那末好的月呀!"擘黄先生赞赏似的叹美着。

同浴于这个明明的月光中的,还有梦旦先生和心南先生。静悄悄的,各人都随意地躺在他的摇椅上,各自在默想他的崇高的思绪。也不知道有多少秒、多少分、多少刻的时间是过去了,红栏杆外是月光、蝉声与溪声,红栏杆内是月光照浴着的几个静思的人。

> 月光光,
>
> 照河塘,
>
> 骑竹马,
>
> 过横塘。
>
> 横塘水深不得过,
>
> 娘子牵船来接郎。
>
> 问郎长,问郎短,
>
> 问郎此去何时返。

心南先生的女公子依真跳跃着地由西边跑了过来,嘴里这样地唱着。那清脆的歌声漫溢于朦胧的空中,如一塘静水中起了一个水沤似的,立刻一圈一圈地扩大到全个塘面。

"这是各处都有的儿歌,辜鸿铭曾选入他的《幼学弦歌》中。"梦旦先生说。他真是一个健谈的人,又恳挚,又多见闻,凡是听过他的话的人,总不肯半途走了开去。

"福州还有一首大家都知道的民歌,也是以月为背景的,真是不坏。"梦旦先生接着说;于是他便背诵出了这一首歌。

原文:

> 共哥相约月出来,
>
> 怎样月出哥未来?
>
> 没是奴家月出早?
>
> 没是哥家月出迟?
>
> 不论月出早与迟,

恐怕我哥未肯来。

当日我哥未娶嫂,

三十无月哥也来。

译文:

与他相约月出来,

怎么月出了他还未来?

莫不是我家月出得早?

莫不是他家月出得迟?

不论月出早与迟,

只怕他是不肯来了吧!

当日他没有娶妻时,

没有月的三十夜也还来呢。

这首歌的又真挚又曲折的情绪,立刻把大家捉住了。像那末好的情歌,真不多见。

"我真想把它钞录了下来呢!"我说。于是梦旦先生又逐句地背念了一遍,我便录了下来。

"大约是又成了《山中通信》的资料吧。"擘黄先生笑着说道,他今天刚看见我写着《山中通信》。

"也许是的,但这样的好词,不写了下来,未免太可惜了。"

"我也有一个,索性你再写了吧。"擘黄说。

我端正了笔等着他。

七月七夕鹊填桥,

牛郎织女渡天河。

人人都说神仙好,

一年一度算什么!

"最后一句真好,凡是咏七夕的诗,恐怕不见得有那样透彻的口气吧。可见民歌好的不少,只在自己去搜集而已。"擘黄说。

大家的话匣子一开,沉静的气氛立刻打破了,每个人都高高兴兴地谈着唱着,浑忘了皎洁月光与其他一切。月已升得很高,倒向西边的柱影,已渐渐地短了。

梦旦先生道:"还有一首歌,你们听人说过没有?"

> 采蘋你去问秋英,
> 怎么姑爷跌满身?
> 他说:相公家里回,
> 也无火把也无灯。
>
> 既无火把也要灯!
> 他说相公家里回,
> 怎么姑爷跌满身?
> 采蘋你去问秋英!

"是的,听见过的,"擘黄说,"但其层次与说话之语气颇不易分得出明白。"

"大约是小姐见姑爷夜间回来,跌了一身的泥,不由得起了疑心,便叫丫头采蘋去问跟班秋英。采蘋回到小姐那里,转述秋英的话,相公之所以跌得一身泥者,因由家里回来,夜色黑漆漆的,又无火把又无灯笼也。第二首完全是小姐的话,她的疑心还未释,相公既由家回,如无火把也要有灯,怎么会跌得一身泥? 于是再叫采蘋去问秋英。虽然是如连环诗似的二首,前后的意思却很不同。每个人的口气也都逼真地像。"梦旦先生说。

经了这样一解释，这首诗，真的也成了一首名作了。

> 真鸟仔，
>
> 啄瓦檐，
>
> 奴哥无"母"这数年。
>
> 看见街上人讨"母"，
>
> 奴哥目泪挂目檐。
>
> 有的有，没的没，
>
> 有人老婆连小婆！
>
> 只愿天下作大水，
>
> 流来流去齐齐没。

这一首也是这一夜采得的好诗，但恐非"非福州人"所能了解。所谓"真鸟仔"者，即小麻雀也。"母"者，即女子也，即所谓公母之"母"是也。"奴哥"者，擘黄以为是他人称他的，我则以为是自称的口气。兹译之如下：

> 小小的麻雀儿，
>
> 在瓦檐前啄着，啄着，
>
> 我是这许多年还没有妻呀！
>
> 看见街上人家闹洋洋地娶亲，
>
> 我不由得双泪挂眼边。
>
> 有的有，没有的没有，
>
> 有的人，有了妻，却还要小老婆。
>
> 但愿天下起了大水，
>
> 流来流去，使大家一齐都没有。

这个译文，意思未见得错，音调的美却完全没有了。所以要保存民歌的绝对的美，似非用方言写出来不可。

这一夜，是在山上说得最舒畅的一夜，直到了大家都微微地呵欠着，方才散了，各进房门去睡。第二夜，月光也不坏，我却忙着写稿子；再一夜，天色却不佳，梦旦先生和擘黄又忙着收拾行囊，预备第二天一早下山。像这样舒畅的夜谈，却终于只有这一夜，这一夜呀！

眠月

——呈未曾一面的亡友白采君

◎俞平伯

一 楔子

万有的缘法都是偶然凑泊的罢。这是一种顶躲懒顶赖皮的说法，至少于我有点对胃口。回首旧尘，每疑诧于它们的无端，究竟当年是怎么一回事，固然一点都说不出，只惘惘然独自凝想而已。想也想不出什么来，只一味空空地惘惘然罢。

即如今日，住在这荒僻城墙边的胡同里，三四间方正的矮屋，一大块方正的院落，寒来暑往，也无非冰箱撤去换上泥炉子，夏布衫收起找出皮袍子来……凡此之流不含胡是我的遭遇。若说有感，复何所感！若说无所感，岂不呜呼哀哉耶！好在区区文才的消长，不关乎世道人心，"理他呢！"

无奈昔日之我非今日之我也，颇有点儿 Sentimental。伤春叹夏，当时几乎当作家常便饭般咬嚼，不怕"寒尘"，试从头讲起。

爱月眠迟是老牌的雅人高致。眠月呢，以名色看总不失为雅事，而事实上也有未然的。在此先就最通行的说，即明张岱所谓"杭州人避月如仇"，也是我所说的，"到月光遍浸长廊，我们在床上了;到月光斜切纸窗,我们早睡着了。"再素朴点,月亮起来,纳头困倒;到月亮下去,骨碌碌爬起身来。凡这般眠月的人是有福的,他们永远不用安眠药水的,我有时也这么睡,实在其味无穷,名言不得。(读者们切不可从字夹缝里看文章,致陷于不素朴之咎。)你们想,这真俗得多么雅。"日出而作,日入而息",岂不很好。管它月儿是圆的是缺的,管它有没有蟾蜍和玉兔,有没有娇滴滴梅兰芳式的嫦娥呢。记得有一回庭中望月,有一老妈诧异着道:"今儿晚上,月亮怎么啦!"(怎字重读)懂得看看这并不曾怎么的月亮就算得雅人吗? 不将为老妈子所笑乎!

二 正传

湖楼几个月的闲居,真真是闲居而已,绝非有意于混充隐逸。惟湖山的姝丽朝夕招邀,使我们有时颠倒得不能自休。其时新得一友曰白采,既未谋面,亦不知其家世,只从他时时邮寄来的凄丽的诗句中,发见他的性情和神态。

老桂两株高与水泥阑干齐。凭阑可近察湖的银容,远挹山的黛色。楼南向微西,不遮月色,故其升沉了无翳碍。有时被轻云护着,廊上浅映出乳白的晕华;有时碧天无际,则遍浸着冰莹的清光。我们卧室在楼廊内,短梦初歇,每从窗棂间窥见月色的多少,便起来看看。萧萧的夜风打着惺忪的脸,感到轻微的瑟缩。静夜与明湖悄然并卧于圆月下,我们亦无语倦而倚着,终久支不住饧软的眼,撇了它们重寻好梦去。

其时当十三年夏,七月二十四日采君信来附有诗词,而《渔歌子》尤绝胜,并有小语云:"足下与阿环亦有此趣事否?"

所谓"爱月近来心却懒，中宵起坐又思眠"，我们俩每吟讽低徊不能自已。采君真真是个南国"佳人"！今则故人黄土矣！而我们的前尘前梦亦正在北地的风沙中飘荡着沉埋着。

江南苦夏，湖上尤甚。浅浅的湖水久曝烈日下，不异一锅温汤。白天热固无对，而日落之后湖水放散其潜热，夹着凉风而摇曳，我们脸上便有乍寒乍热的异感。如此直至于子夜，凉风始多，然而东方快发白了，有酷暴的日头等着来哩。

杭州山中原不少清凉的境界，若说严格的西湖，避暑云何哉，适得其反。且不论湖也罢，山也罢，最惹厌而挥之不去的便是蚊子。好天良夜，明月清风，其病蚊也尤甚。我在以下说另一种的眠月，听来怪甜蜜，钩人好梦似的，却不要真去做梦，当心蚊子！（我知道采君也有同感的。）

月影渐近虚廊，夜静而热终不减，着枕汗便奔涌，觉得夜热殆甚于日，我们睡在月亮底下去，我们浸在月亮中闲去。然而还是困不着，非有什么"不雅之闲"也（用台湾的典故，见《语丝》一四八），尤非怕杀风景也，乃真睡不着耳。我们的小朋友们也要玩月哩。榻下明晃晃烧着巨如儿指的蚊香，而他们的兴味依然健朗，我们其奈之何！正惟其如此，方得暂时分享西子湖的一杯羹和那不费一钱的明月清风。

碧天银月亘古如斯。陶潜、李白所曾见，想起来未必和咱们的很不同，未来的陶潜、李白们如有所见，也未必会是红玛瑙的玉皇御脸，泥金的兔儿爷面孔罢。可见"月亮怎么啦！"实具颠扑不破的胜义，岂得以老妈子之言而薄之哉！

就这一端论，千万年之久，千万人之众，其同也如此其甚。再看那一端，却千变万化，永远说不清楚。非但今天的月和昨天的月，此刹那和彼刹那的月，我所见，你所见他所见的月……迥不相同已也;即以我一人,此一刹那间所见的月论,亦缘心象境界的细微差别而变。站着看和坐着看,坐着看和躺着看,躺着清切地看和朦胧地看,朦胧中想看和不想看的看……皆不同,皆迥然不同。且决非故意弄笔头。名理上推论,趣味上的体会尽可取来互证。这些差别,于日常生活间诚然微细到难于注意,然名理和趣味假使成立,它们的一只脚必站在这渺若毫茫,分析无尽的差别相上,则断断无疑。有福气的人,囫囵吞下枣子去,不妨说"天下本无事,庸人自扰之",学术皆自扰而已,又岂有他哉。

情趣的差别到细入毫芒,事实上本不能描摹,何况借重我的秃笔。我只得夹叙夹议述说自己所感。大凡美景良辰与赏心乐事的交并(玩月便是一例),简言之心境接触的一种,粗粗分别不外两层:起初陌生,陌生则惊喜颠倒;继而熟脱,熟脱则从容自然。不跑野马,在月言月。譬如城市的人久住鸽子笼的房屋,一旦忽置身旷野或萧闲的庭院中,乍见到眼生辉的一泓满月。其时我们替他想一想,吟之哦之,咏之玩之,手之舞之,足之蹈之,都算不得过火的胡闹。他的心境内外迥别,蓦地相逢,俨如拘孪之书生与媚荡的名姝接手,心为境撼失其平衡,遂没落于颠倒失据,惝悦无措的状态中。《洛神赋》上说:"予情悦其淑美兮,心震荡而不怡。"夫怡者悦也,上曰悦,下曰不怡,故曹子建毕竟还是曹子建。

名姝也罢,美景也罢,若朝昏厮守着,作何意态呢! 这是解答为难的,似有一种极平淡,极自然的境界。尽许有人说这是热情的衰落,退潮的状态,说亦言之成理,我不想去驳它。若以我的意想感觉,惟平淡自然,才有真切的体玩,自信也确非杜撰流言。不跑野马,在月言月。身处月下,身眠月下,一身之外以及一身,悉为月华所笼络包举,虽皎洁而不睹皎洁,虽光辉而无有光辉。不必我特意赏玩它,而我的眠里梦里醉时醒时,似它无所不在。我的全身心既浸没着在,故即使闭着眼或者酣睡着,而月的光气实渗过,几乎洞彻我意识的表里。它时时和我交融,它处处和我同在。这境界若用哲学上的语调说,是心境的冥合,或曰俱化。——说到此,我不禁想起陶潜的诗来:"采菊东篱下,悠然见南山。山气日夕佳,飞鸟相与还。此中有真意,欲辨已忘言。"何谓忘言的真意,原是闷葫芦。无论是什么,总比我信口开河强得多,古今人之不相及如此。

"玩月便玩月,睡便睡。玩月而思睡必不见月,睡而思玩月必睡不着。"这多干脆。像我这么一忽儿起来看月,一忽儿又睡了,或者竟在月下似睡非睡地躺着,这都是傻子酸丁的行径。可惜采君于来京的途中道死于吴淞江上,我还和谁讲去!

我今日虽勉强追记出这段生涯,他已不及见了。他呢,却还留给我们零残的佳句,每当低吟默玩时,疑故人未远尚客天涯,使我们不至感全寂的寥廓,使我们以肮脏的心枯干的境,得重看昔年自己的影子,几乎不自信的影子。我,我们不能不致甚深的哀思和感谢。

虽明明是一封无法投递的信,但我终于把它寄出去了!这虽明明是一封无法投递的信。

月

月

◎巴金

　　每次对着长空的一轮皓月,我会想:在这时候某某人也在凭栏望月么?

　　圆月有如一面明镜,高悬在蓝空。我们的面影都该留在镜里罢,这镜里一定有某某人的影子。

　　寒夜对镜,只觉冷光扑面。面对凉月,我也有这感觉。

　　在海上、山间、园内、街中,有时在静夜里一个人立在都市的高高露台上,我望着明月,总感到寒光冷气侵入我的身子。冬季的深夜,立在小小庭院中望见落了霜的地上的月色,觉得自己衣服上也积了很厚的霜似的。

　　的确,月光冷得很。我知道死了的星球是不会发出热力的。月的光是死的光。

　　但是为什么还有姮娥①奔月的传说呢?难道那个服了不死之药的美女便可以使这已死的星球再生么?或者她在那一面明镜中看见了什么人的面影罢。

　　　　　　　　　　　　　　　7 月 22 日

---

　　①　即嫦娥。中国神话:"羿请不死之药于西王母,姮娥窃之,奔月宫。"(见《淮南子》)

月 与 影

◎聂绀弩

夜晚,在路上看见自己的影子。忽然想起"人影在地,仰见明月"的文句,抬头一看,却不见明月,明月原来在后面。古人的文章多多不精密,看起来好像极其现成,可是实际却是看见人影在地,就不能直接仰见明月,在仰见之前,必须还有个扭转头去的动作。如果仰见明月,即人影拖在后面,在感觉上就不那么自然了。或者说人影在左边的地上,明月在右边的天上,但这话还有什么味道呢? 或者人影不是自己的,是在前面走着的人的,假如前面没有人走呢? ……

今夜月

◎孙福熙

　　大清早上与诸位讲夜的事情，未免十分地得罪；然而今夜是有特别意义的，所以不惜来荒废您所要计划今天一日大事的时间了。我宁可下次在黑暗的夜里再来与您讲光明的。

　　我是初来北京的，却要在诸位老北京之前介绍一件北京的东西，这是我很自负的。

　　诸位中有忙有闲，不是一律，然而我相信诸位一样地不注意"师兄"的长大与他每天对于善或恶的趋向。不但如此，您还没有注意每天的月的盈亏。

　　北京的屋宇并不算高，但你我挨挤在一起，而且大家像犯了罪的都拘禁在围墙中，以致月色不能透入，于是不再记得月的大小了。最柔和的是新月，在淡绿的天中，嫩黄的一弯，如小桃的新叶，然而此时人们正忙着谋晚餐，没有余力在将落的日光中来注意他。最哀艳的是阴历月稍后半夜初出的缺月。在四周静寂甚或夜寒凛冽中，他起来，起不多时就要被太阳夺去色彩的，此时人们正在昏梦，我想诸君中未必有人看过几次罢。但我现在要介绍给诸位的不是那种月，是圆满、皎洁而且容易看到的今夜月。

　　您住在南城吗？您该往先农坛或游艺园的水边。万一您十分地忙碌，也该在经过前门时停留几分钟。汽车的号声照常地威吓您,洋车夫照常地叫你"里走",火车站汽笛照常地引起你忙乱之感,然而你将看见东面起来一个大而且圆的月,为平日所没有的。您平日刻刻防备仇人用毒计陷害您,此刻,在这清淡的月光中,您当有纯洁与安静之感,您自然地放下心机,不愿防备了。而且,在这光中,您的仇人也受感而不想欺侮人了。您那时会明白,月光是不分等次地普照一切恩人与仇人的。怕看他人凶恶的面庞时,最好对镜看看自己的,您会发见原来自己恼怒时的面庞也是这样凶恶的;以人心凶恶为可恨的人,能在月光下照见自己的心的凶恶,看月是洗涤心肠的好方法。

您住在北城吗?京兆公园什刹海都是看月的好地方,然而最好是在北海。晚上六点钟以前,你走到琼岛的塔上,如海的缥缈而且有绿波的北京,罩在暮霭中,看太阳渐渐地落去。你要注意,在看太阳的时候,必须刻刻回顾东面,青天之下,红紫的薄幕之后,比什么日子都大的圆月缓缓地起来了。天色渐暗,月色渐明,你的目力所能及的地方,都受月光的照临,而你的心也照临在一切的人之上了。你下山来,过桥,沿北海,在濠濮间的前面,你会看见,高大的柳枝中间,白塔的旁边,一轮明月照临水上。水边漪澜堂的灯火丛中,游人攒聚着等候花炮的起来。

诸位要问我为什么特别介绍今夜月,我大略地可以告诉你们的。我不单为今天是兔儿爷的生日,不单为今天的月球与地球最近,我为的是从我们的远祖起,每年在这一日留下些特别的感情,造成不可磨灭的事实,数千年来古今人所瞻望所歌咏的就是这个月,而且这寒热得宜,桂子香飘的时节看这圆月,不是昨天或明天的所能比,也不是上月或下月的所能

月

比的。

　　您不要为了贪吃月饼而懒得出去看月。看了月回来吃月饼不晚,兔儿爷给你好好留着的!

10 月 1 日

夜

◎徐訏

夜。

窗外是一片漆黑,我看不见半个影子,是微风还是轻雾在我屋瓦上走过,散着一种低微的声音,但当我仔细听时,又觉到宇宙是一片死沉沉的寂静。我两只手捧我自己的头,肘落在我的膝上。

我又听到一丝极微的声音,我不知道是微风,还是轻雾,可是当我仔细倾听时,又觉到宇宙是一片死沉沉的寂静。

我想这或者就是所谓寂静了吧。

一个有耳朵的动物,对于寂静的体验,似乎还有赖于耳朵,那么假如什么也没有的话,恐怕不会有寂静的感觉。在深夜,当有一个声音打破寂静的空气时,有时陪衬出先前的寂静的境界;而那种似乎存在似乎空虚的声音,怕才是真正的寂静。

在人世之中,严格地说,我们寻不到真正的空隙;通常我们所谓空隙,也只是一个若有若无的气体充塞着,那么说寂静只是这样一种声音,我想许多人一定会觉得对的。

假如说夜是藏着什么神秘的话,那么这神秘就藏在寂静与黑暗之中。所以如果要探问这个神秘,那么就应当穿过这寂静与漆黑。

为夜长而秉烛夜游的诗人,只觉得人生的短促,应当尽量享受,是一种在夜里还留恋那白天欢笑的人。一个最伟大的心境,似乎应当是觉得在短促的人世里面,对于一切的人生都有自然的尽情的体验与享受,年青时享受青年的幸福,年老时享受老年的幸福,如果年青时忙碌于布置老年的福泽,老年哀悼青年的消逝,结果在短促一生中,没有过一天真正的人生。过去的既然不复回,将来的也不见得会到,那么依着年龄,环境的现在,我们过一点合时的生活,干一点合时的工作,度一点合时的享受吧。

　　既然白天时我们享受着光明与热闹,那么为什么我们在夜里不能享受这份漆黑与寂静中所蓄着的神秘呢? 但是这境界在近代的都市中是难得的,叫卖声,汽车声,赌博声,无线电的声音,以及红绿的灯光都扰乱着这自然的夜。只有在乡村中,山林里,无风无雨无星无月的辰光,更深人静,鸟儿入睡,那时你最好躺下,把灯熄灭,于是灵魂束缚都解除了,与大自然合而为一,这样你就深入到夜的神秘怀里,享受到一个自由而空旷的世界。这是一种享受,这是一种幸福,能享受这种幸福的人,在这忙碌的世界中是很少的。真正苦行的僧侣或者是一种,在青草上或者蒲团上打坐,从白天的世界跳入夜里,探求一些与世无争的幸福。此外田园诗人们也常有这样的获得,至于每日为名利忙碌的人群,他永远体验不到这一份享受,除非在他失败时候,身败名裂,众叛亲离,那么也许会在夜里投于这份茫茫的怀中,获得了一些彻悟的安慰。

　　世间有不少的人,把眼睛闭起来求漆黑,把耳朵堵起来求寂静,我觉得这是愚鲁的。因为漆黑的真味是存在视觉之中,而静寂的真味则是存在听觉上的。

于是我熄了灯。

思维的自由，在漆黑里最表示得充分：它会把荒野缩成一粟，把斗室扩大到无垠。于是心板的杂膜，如照相的胶片浸在定影水里一般，慢慢地淡薄起来，以至于透明。

我的心就是这样地透明着。

在这光亮与漆黑的对比之中，象征着生与死的意义的：听觉视觉全在死的一瞬间完全绝灭，且不管灵魂的有无，生命终已经融化在漆黑的寂静与寂静的漆黑中了。

看人世是悲剧或者是喜剧似乎都不必，人在生时尽量生活，到死时释然就死，我想是一个最好的态度；但是在生时有几分想到自己是会死的，在死时想到自己是活过的，那么那一定会有更好的态度，也更会了解什么是生与什么是死。对于生不会贪求与狂妄，对于死也不会害怕与胆怯；于是在生时不会谋死，在死时也不会恋生，我想世间的确有几个高僧与哲人达到了这样的境地。

于是我不想再在这种神秘的夜里用耳眼享受这寂静与漆黑，我愿将这整个的心身在神秘之中漂流。

这样，我于是解衣睡觉。

1938

月

月亮故乡好

◎老向

　　"月亮故乡好,故乡好月亮;月好亮故乡,故乡月好亮!"忘记这是哪一位好朋友的怀乡佳作了。当时看过,我只是觉得他把这五个字翻来翻去的好玩儿罢了;到今天,我离开故乡三十多年了,每逢中秋佳节,往往也会感到真个的是"月亮故乡好"!

　　提起我的故乡并不算远,就在河北中部,号称燕南赵北的广大的平原上。是的,平原,广大的平原。你即使立在最高的杨树尖儿上,也不会望见一个山峰的平原。那里是华北的谷仓,是中国的棉场。那里住着勤俭、快乐,而具有特殊幽默的人民。就说中秋节吧。这时候儿,棉花业已成熟,正迎着干燥的秋风,展开拳大的银絮;可爱呀,由东白到西,由南白到北。抛开任何物利观念,单是那温暖的雪景,就会教人不能不感谢上苍!谷类,大半都已收割了,颗粒装得大囤满,小囤流,场上只剩下一堆一垛的谷莛。芝麻秆晒上屋顶,玉米种垂下屋檐。街头巷尾,簇的满是秫秸和干草。篱笆,被斗大的南瓜压得东倒西仆,上面挺生着紫色的扁豆花。耕牛,哲学家似的卧在树下倒嚼;雄鸡,战斗士似的围着耕牛追逐。田间一片歌声,街上不断欢笑,连傍晚的炊烟,都显示着轻松、愉快。天,总是晴朗得大而且蓝,阴雨简直成了例外。这样情景,月,怎会不特别好,怎会不格外亮!

"七月十五是鬼节。八月十五是嘴节。"中秋,故乡父老,是也不吝惜自行犒劳一次的,辛苦了大半年了么! 村庄里热心的壮年们,前几天就把廉价的肥猪,从大集上运回来。他们自告奋勇,做了临时屠户。一边宰杀,一边按着人口多少,三斤五斤地给送上门儿。没有黑市,无须乎抢购,肉价是按猪的成本合算,也无须给承办人以合法的利润。在这为百年不散的老乡亲们服务的事件上,谁也绝对不想要得到半文钱的报酬。猪价,是较比富裕的主儿们垫付。非到年底,这垫款不会全数收回。这,从老年就是如此,没有人居功,也没有人感谢! 其余像海带、粉条以及佐料之类,也都是有闲马的人家,整总地运来,各家再零碎着分去。这两天,主妇们可真够忙了,忙着去田里摘棉花,忙着入厨下做肴馔。可是她们的汗水,遮不住脸上的笑容。谁都是快乐的呀! 其实所谓肴馔,在城市的人们看来,也许会见笑吧,不过是肉膏、灌肠、炸豆腐、醋海带之类,主馔仅仅是一锅杂烩菜。可是在轻易不见腥荤的乡下人,却感到这是无上的美味。

月饼、鸭梨、石榴、葡萄、大量的烧酒,有长工的人家是必须置办的。在我的记忆中,我们家年年都是用大车从集上把这些珍品拉回来。可是在祭月之前,谁也不能擅自尝一点儿,我们孩子们,干瞅着吞口水。等到晚饭以后,月出东方,普照这和乐的农村,家家要祭月了。我们家的供品,除了一般的月饼水果之外,往往会把自种的,最好的,保存在粮食囤里的大个儿西瓜搬出来,切开,摆在院中的供桌上。这一着儿,邻居们都表示欣羡,我们很感到骄傲。鞭爆一响,纸马一焚,中秋节的真正度过,刚刚开始。

分配月饼、水果,是我们孩子们最盼望的了。可是,结果,往往使我们很不平,最好最多的都给了长工。我们在分得了少数葡萄、两个梨子、半个石榴、一块月饼之后,正在喜悦跳跃,大人们往往又派我们一个不甚情愿的差使,就是给那些孤寡的亲戚或邻居去送月饼。现在想起来,他们大半都是因为遭遇变故,失去过节兴趣的可怜人。可是那时,看见他们得的份儿也比我们的高几倍,也不免发生一种幼稚的不平。好容易跑完了这些差使,我们分得的那一小份儿,在怕吃坏肚子的理由之下,被大人们又给收存起一部分来,留待来日。所以,那时我想,赶紧长大了去做长工,平时好饭好菜先尽长工吃,节礼还可以批个大份儿。

　　月,越高越亮,地上有根缝针都可以看得见了。整个的乡庄都沉浸在佳节的氛围之中。像我们这雇得起一两个长工的人家,老当家的,亲自用托盘把应有尽有的酒肉果品,送到长工屋里,亲手斟上酒,由衷地向他们致谢、慰劳。长工们干了一杯之后,必定提起酒壶来,回敬当家人。酒过三巡,当家的借词退出,这就成了长工和平时同工的主人的世界了。屋子嫌太小,他们将酒菜移到野外的打谷场上,席地而坐,对着那当空皓月,开始畅饮。

　　敢情是人同此心,壮夫们都是以天地为庐舍地成了习惯,都陆续地搬到场上。三个一伙,五个一群,东也猜拳,西也叫酒。可是这样,他们还感到并不十分尽兴。慢慢地这一群去邀那一伙,那一伙又来请这一群。南街的邀北街的,东头的请西头的,人来人往,他们忽而这儿,忽而那儿,谁也不吝惜脚步。后来,索性由小群联成大群,集中在少数的谷场上。不用说,酒肴也都混在一起,杯盘也不再分家。平时,彼此之间,有些"铁铲碰锅边儿"的小嫌隙,一睹面,一照杯,不必多言,自然冰消火灭。月亮! 看着这一群群的古朴善良的百姓们,自由地说道,纵声地哗笑,大口地喝酒,没有虚伪的礼貌,自然赐给他们更丰富的收成吧!

月亮偏向东南,酒劲儿有了八分。会武术的,单人的六合拳、醉八仙,双人的白手夺刀、双钩擒枪,一套一套地表演出来。不管好歹,大家自会给他尽情地喝彩。三弦、大鼓,弹的、唱的,也都铺下坛场。东街上唱的杨家将,西街唱的破孟州。所有他们半生不熟的热闹回目,会一齐施展出来。然而这些还不过瘾。最后是大锣大鼓,全般乐器搬出来,不必打通就开了大戏,是的,大戏。那时,我的故乡,财主们成立五个戏班子,轮流在各村镇上演出是极平常的事。所以,一般人民对于大戏的知识特别丰富。他们不仅明白戏的故事,知道戏的唱法,连某一个角色的身段、做派,怎样才算恰到好处,说来都头头是道。平时,在田间工作,不论是昆腔还是梆子腔,开口就来。这个唱罢生,那个自会接上旦。各项人材都全,不必去邀外角。遇上这样佳节,这样明月,不穿行头不化装,两三场坐台戏,还不是易如反掌。听吧! 锣鼓声闻十里,笛子响彻云霄。不是醉打山门,便是薛礼回家。无论是唱的、吹的,因为都喝了个八成醉,也许忘了词句,也许错了板眼,但都不失为大家欢乐的资料。直闹到所有的酒不剩一滴,夜深,露浓,月亮偏到西南,大家才有了倦意,才呼兄唤弟,挽挽扶扶,踉踉跄跄地各自回家。

这样良宵,月亮是不会遗忘谁的。所有的男男女女,都要走出街门,参加或欣赏他们认为最有趣的娱乐。谁也不肯辜负这美好的月亮,悄悄地去睡觉。辛苦的还是当家人,女的得伺候着给大家烧茶添菜，男的得准备着去收拾那些狼藉的杯盘。

此情此景，是年代久远的事吗？不是，就在民国初年还是这样儿。现在如何？咳！我不忍想。怕是天上布满愁云，地上起着惨雾，连月亮都看不见了。

1938 年中秋翌日稿

做客过节，最怕熟人如同事之流请饭。不够朋友，所以不便辞谢。可是去吧，三五家往往是同一时间，想到是过节，明知道人家小孩子，空手前去又觉不好意思。买些礼品，买什么呢？这是我最头疼的一件事。例如今年中秋节，临去人家，最先想到去买月饼，可是听说有人禁止以月饼送礼，万一被人家干涉，更不好意思。可巧下午到了街上，不但月饼被人抢购一空，连水果都不见一个。在马路上，盘旋了两个钟头，终于买了一打铅笔，一打橡皮，分散给三家的孩子。这不像去过节，是去过关。回来，天阴不见月，又喝了两杯闷酒。只好一睡了之。到了半夜，睡不着，"月亮故乡好"这一句，苦压心头，不觉泪之盈眶也，噫！

卢沟晓月

◎王统照

　　苍凉乍是长安日，呜咽原非陇头水。

　　这是清代诗人咏卢沟桥的佳句，也许，长安日与陇头水六字有过分的古典气息，读去有点碍口？但，如果你们明了这六个字的来源，用联想与想象的力量凑合起来，提示起这地方环境，风物，以及历代的变化，你自然感到像这样"古典"的应用确能增加卢沟桥的伟大与美丽。

　　打开一本详明的地图，从现在的河北省、清代的京兆区域里你可找得那条历史上著名的桑干河。在古代的战史上，在多少吊古伤今的诗人的笔下，桑干河三字并不生疏。但，说到治水、㶟水、灅水这三个专项名似乎就不是一般人所知了。还有，凡到过北平的人，谁不记得北平城外的永定河；——即使不记得永定河，而外城的正南门，永定门，大概可说是"无人不晓"罢。我虽不来与大家谈考证，讲水经，因为要叙叙卢沟桥，却不能不谈到桥下的水流。

　　治水、㶟水、灅水，以及俗名的永定河，其实都是那一道河流——桑干。

　　还有，河名不甚生疏，而在普通地理书上不大注意的是另外一道大流——浑河。浑河源出浑源，距离著名的恒山不远，水色浑浊，所以又有小黄河之称。在山西境内已经混入桑干河,经怀仁,大同,委弯曲折,至河北的怀来县。向东南流入长城,在昌平县境的大山中如黄龙似的转入宛平县境二百多里,才到这条巨大雄壮的古桥下。

原非陇头水,是不错的,这桥下的汤汤流水,原是桑干与浑河的合流;也就是所谓治水、㶟水、灅水、永定河与浑河、小黄河、黑水河(浑河的俗名)的合流。

桥工的建造既不在北宋的时代,也不开始于蒙古人的占据北平。金人与南宋南北相争时,于大定二十九年六月方将这河上的木桥换了,用石料造成。这是见之于金代的诏书,据说:"明昌二年三月桥成,敕命名广利,并建东西廊以便旅客。"

马可·波罗来游中国,服官于元代的初年,他已看见这雄伟的工程,曾在他的游记里赞美过。

经过元明两代都有重修,但以正统九年的加工比较伟大,桥上的石栏,石狮,大约都是这一次重修的成绩。清代对此桥的大工役也有数次,乾隆十七年与五十年两次的动工,确为此桥增色不少。

"东西长六十六丈,南北宽二丈四尺,两栏宽二尺四寸,石栏一百四十,桥孔十有一,第六孔适当河之中流。"

按清乾隆五十年重修的统计,对此桥的长短大小有此说明,使人(没有到过的)可以想像它的雄壮。

从前以北平左近的县分属顺天府,也就是所谓京兆区。经过名人题咏的,京兆区内有八种胜景:例如西山霁雪、居庸叠翠、玉泉垂虹等,都是很幽美的山川风物。卢沟不过有一道大桥却居然也与西山居庸关一样刊入八景之一,便是极富诗意的"卢沟晓月"。本来,"杨柳岸晓风残月"是最易引动从前旅人的感喟与欣赏的凌晨早发的光景;何况在远来的巨流上有这一道雄伟壮丽的石桥；又是出入京都的孔道，多少官吏、士人、商贾、农、工，为了事业，为了生活，为了游览，他们不能不到这名利所萃的京城，也不能不在夕阳返照或东方未明时打从这古代的桥上经过。你想：在交通工具还没有如今迅速便利的时候，车马，担簦，来往奔驰，再加上每个行人谁没有忧、喜、欣、戚的真感横在心头，谁不为"生之活动"在精神上负一份重担？盛景当前，把一片壮美的感觉移入渗化于自己忧喜欣戚之中，无论他是有怎样的观照，由于时间与空间的变化错综，面对着这个具有崇高美的压迫力的建筑物，行人如非白痴，自然以其鉴赏力的差别，与环境的相异，生发出种种的触感。于是留在他们的心中，或留在借文字绘画表达出的作品中，对于卢沟桥三字真有很多的酬报。

不过，单以"晓月"形容卢沟桥之美，据传说是另有原因：每当旧历的月尽头（晦口），天快晓时，下弦的钩月在别处还看不分明，如有人到此桥上，他偏先得清光。这俗传的道理是否可靠，不能不令人疑惑。其实，卢沟桥也不过高起一些，难道同一时间在西山山顶，或北平城内的白塔（北海山上）上，看那晦晓的月亮，会比卢沟桥上不如？不过，话还是不这么拘板说为妙，用"晓月"陪衬卢沟桥的实是一位善于想象而又身经的艺术家的妙语，本来不预备后人去做科学的测验。你想，"一日之计在于晨"，何况是行人的早发？朝气清蒙，烘托出那钩人思感的月亮——上浮青天，下嵌白石的巨桥。京城的雉堞若隐若现，西山的云翳似近似远，大野无边，黄流激奔……这样光，这样色彩，这样地点与建筑，不管是料峭的春晨，凄冷的秋晓，景物虽然随时有变，但若无雨雪的降临，每月末五更头的月亮，白石桥，大野，黄流，总可凑成一幅佳画，渲染飘浮于行旅者的心灵深处,发生出多少样反射的美感。

　　你说:偏以"晓月"陪衬这"碧草卢沟"(清刘履芬的《鸥梦词》中有长亭怨一阕,起语是:叹销春间关轮铁,碧草卢沟,短长程接)不是最相称的"妙境"么?

　　无论你是否身经其地,现在,你对于这名标历史的胜迹,大约不止于"发思古之幽情"罢? 其实,即以思古而论也尽够你深思、咏叹、有无穷的兴感! 何况血痕染过那些石猩的鬈鬣,白骨在桥上的轮迹里腐化,漠漠风沙,呜咽河流,自然会造成一篇悲壮的史诗。说法是万古长存的"晓月"也必定对你惨笑,对你冷觑,不是昔日的温柔、幽丽,只引动你的"清念"。

　　桥下的黄流,日夜呜咽,泛挹着青空的灏气,伴守着沉默的郊原……

　　他们都等待着有明光大来与洪涛冲荡的一日——那一日的清晓。

外国的月亮

◎柳存仁

　　许多年前,看到幽默杂志的文章,挖苦那些什么都说外国的事物好的人,说连外国的月亮都是好的。当然,这许是无中生有的话:即使样样都崇拜外国的人,对于月亮,大概是不会怎样注意的。是皓月当空也好,是朦胧月也好,是月上柳梢头也好,是月正圆也好,横竖这些情景,古今中外当无二致。读西洋文学的朋友会告诉我们,外国诗人的名句中,有许多意思会跟我们的诗词所描写的意境几乎完全一样的,只是那样的例子是可遇而不可求的罢了。诗句是诗人的妙悟,通过了他们的聪明的灵窍而构思成功的,岂能必其尽同?然而这些必不能尽同的东西,中外居然也有可以共通之处,这是会使我们读他们的作品的人感动的。诗句是人为的东西。人为的东西,尚且如此,何况斧凿无痕的自然?

　　于是,究竟外国的月亮是否较好这类的问题,在我们的心里,大概早已不成问题了。因为它似乎本来不成问题。

　　这一年的夏末,大约接近阴历七月十五左右的一天,我和家人们坐了房兆楹先生夫妇的汽车,由堪培拉开车一同到悉尼去,路上不过是四小时左右的时间。自然这里的公路容易走,交通条例不像香港的那么严峻,路面又阔,所以每小时也许开了五六十里也不定。然而,久坐在车里,看遍了道旁的绿野还是绿野,老树叉桠的橡树虽然有奇趣,挺像果庚画的油画里的景物,而两边高冈上面的原始牧场,也有时时在面前驰过几百头穆然不动像是石头似的草黄色的绵羊,我们终于也有些厌倦,顿有睡意了。我嘴里刚才乱哼着"日之夕矣,羊牛下来"的句子,想象着这样的大草原也可能跟两千几百年前《诗经》里描绘的生活相像。不知怎么车子没有拐上几个弯儿,夜幕下压,慢慢地便除了灯火看不见什么东西了。

然而便在这时,我们突然地看见距离车窗很远的一座山头上方涌现出来的月亮。这月亮的模样儿确乎很不同:它是淡黄色的,但并不是我们常说的那一种鹅卵黄,却似乎是用清水把棕色慢慢地调揉调到了那一层特殊的颜色似的,也并不皎洁,只是奇大,而且真的很圆。我国的散文家常常爱描写一轮明月像是一面烂银盆,其所以要说是银,大约在我国不论哪儿所见的月亮都是皎洁的,可是这时我们所见到的黄月亮便很难说它像烂银了:说它像烂金又似乎华贵了些,和山野、驰道的景致不称,只好老老实实地说这是外国的月亮。

我以前在别处所见的月色,回忆起来多有很好的印象。六十多年前在华北的冬天下了雪,有时候睡前还想逞着能不怕冷,踏着俗名叫做"老头乐"的棉鞋在庭院里踱步,看那月色映在雪上确是别有姿致,令人悬想古人怎么会高吟"明月照积雪,北风劲且哀"的句子。最容易回忆的月色当然是中秋节的,尤其是假如某一年是离开自己的家人,索居独处的,那么,不知怎的,这种对他人可以引起欢聚、团圆的感想的,对自己却只有加倍地闷损,对景难排。读者中曾有这样经验的,必然很多,我殊不必费辞。只记得自己结婚之后的次年,那一个中秋节便是一个人在香港过的。那时候恰巧全增嘏先生介绍我教一位英国友人拜尔福先生读《书经》，每天只上一堂，所讲不外《禹贡》、《盘庚》这一套。这位拜君，很熏染了一些中国人的习惯，那年中秋他忽乘兴邀三五单独在港并无家属的朋友们聚会，应邀的有全先生、杨伯平先生(后来文商专校的杨校长)、徐先生(后来在港是一位为人敬服的公教主教)和我，而许地山先生夫妇便算是成双的陪客。拜尔福住的地方在浅水湾某处半山，那里尚无电灯，主人也喜欢用饶有农村情趣的煤油灯作伴，不过用的是光头强一些的罢了。当夜在他那里喝了两杯，回到铜锣湾我的寓所，已近十时。这时皓月当空，街头成群成伍的孩子们点着了兔儿灯、龙灯，一路巡行，撞在行人怀里也不用道歉。街边楼下两排住家十家中有七家开着大门，噼噼啪啪地大打"麻雀"，置身其境，兀自觉得自己不曾有着落。此时令我觉得北宋的范希文(仲淹)并不太道学气或严肃，他填的《御街行》便早已道出这种凄寂的况味了，他说："月华如练，长是人千里。"上句极阔大，极干净，令人读了脑子有涤除一切尘嚣的感觉，次句突然一跌，由澄空一下子跌落这个婆娑世界。

我第一次在国外过中秋，有机会端详国外的月亮，是一九五七年秋天，地点在西德的马堡城。那一年，因为有两个集会同时在德国举行，因行旅而到马堡的中国友人，快在二十位以上。当时似乎没有一位有那么多的闲情逸致注意到中秋的来临的，在国外也不大容易看到阴历的月份牌。是我和同住在一道的牟润孙先生、潘石禅先生等人谈起，证实了中秋正是我说的那一天。于是，互相知会了许多人，也告诉了外国的朋友，每人出几个马克，买了些糕点、食品、啤酒之属，便借一座古堡的平台准备赏起月来。中国在那儿的留学生本不很多，

外国的月亮

外国的月亮

也来参加了。这时已是阳历九月,夜气逼人,恰巧那一晚天不作美,不惟微微地有阵薄雾,久久不散,后来索兴由轻雾变成了细雨。我们一伙人在露天坐了两个多钟头,啤酒渐渐地喝得差不多了,正觉扫兴,突然不知道哪一位指着云缝罅里说来了!果然,像袭着轻纱的朦胧月,冉冉滑过,不一刻便又被层云堵上了。那个地方挺高,果然极不胜寒,我们赏月的人们经不起凉,不久便在黑暗中分别地散去。还留在箧中的,只有饶固庵先生的一阕词,可做追忆的材料。他用的是《木兰花慢》(次稼轩韵):

> 望长空万里,剩孤月,去悠悠。尽地北天南,此心仿佛,楚尾吴头。一杯聊同浅酌,订神交西海作中秋。零雨替人梳洗,苍川劝客淹留。　天阍欲叩恨无由,颒洞使人愁。漫痛饮狂歌,鞭笞鸾凤,捶碎琼楼。姮娥频呼不出,只微云河汉与沉浮。但祝婵娟无恙,莫教转眼如钩。

我想这词作得不错,它写的是真情,而且处处扣住了月的典故。只是痛饮狂歌说得夸张了一点:实际上仅在马堡大学图书馆工作的舒百烈先生大唱过一段中国情歌而已。这位德国博士早已年逾而立,立愿要娶一位中国太太,久无所遇,这晚可能未免有情。我们总算比他幸运,他已巴望了那么些年,还不知道现在"有志者事竟成"没有;我们虽然"姮娥频呼不出",但后来却总算稍出,露了一露面。只是,究竟外国的月亮比我国的怎么样,我不惟当时不敢遽下断语,便是现在在国外住得稍久了,电视中常看到讲"到月球去"的节目,差不多连每天必放的儿童卡通画中它也要占一席,而我对于外国的月亮这一个题目,却依旧是那么糊涂。

从堪培拉到悉尼半途,车中所瞥见的月亮,大概要算我平生所看到的、较清晰的外国的月亮的第二次了。然而,这样的当空,我并不是常常有机会看到的。老想没有事情的时候问问外国的朋友们,看来他们似乎不会有那么多的闲情逸致。他们不知道什么叫做月当头、过节举债的事情,假如告诉他们也许更会被认为骇人听闻。

　　这样,我也许可以笼笼统统地说:外国的月亮不是中国的月亮。

月

莎诞夜

◎余光中

从密密麻麻的莎胡子里，从回旋着牧歌、情歌、挽歌的伊丽莎白朝泳了出来，人们徜徉着，不愿意回到二十世纪，不愿意回到氢弹和癌症的现代。莎士比亚的胡子，荫天蔽地，冉冉升起了瘴气，若一座原始森林。走进去，便是深邃的十六世纪。生活在童贞女皇的裙下，喝麦酒，听莎剧，伊丽莎白的臣民是快乐的。十六世纪的天地何辽阔。金字塔颓倒，希腊苍老，罗马迟暮，至少大西洋的彼岸，有一片处女地在野牛蹄下等热那亚的船长，等保皇党和清教徒。太阳和云雀一同飞起，太阴之上仍住着美丽的黛安娜。相形之下，二十世纪何狭小。自由女神哭泣着，在东柏林的围墙下。摩天楼是现代的金字塔，纽约客殉葬在墓中，为了拥抱工业革命。

在第一发火箭射中月球之前，仍不妨让美丽的卫星留在神话里。散场的人们，从修道院大门的河口三角洲鱼贯而出，立刻就注入了汪洋的月光。浸软了硬绷绷的莎髯的月光。朱丽叶的月光。仲夏夜，哪，初夏夜的月光。应该有恶作剧的精灵，黑袖舞的蝙蝠，和长脚妖的蜘蛛。这是莎诞夜。四世纪前，颤巍巍的玛丽·莎士比亚，大腹便便的玛丽也呼吸着这种薄荷酒似的空气。月光一定知道，蝙蝠和女巫和九个缪斯都知道，惟文盲的农家女不知道，不知道她腹中正孕着一整个字宙,孕着丹麦的王子,威尼斯的财奴,孕着大半部文艺复兴。这个小男孩,这个以蜗牛步速去上课的小朋友不出来,许多小男孩也不能出来。至少奥立佛的母亲,贾瑞克的母亲,希雷格尔兄弟的母亲和梁实秋的母亲会等得好不耐烦。四百年来,这一部于思于思的范代克胡须,牵牵扯扯,不晓得缠住了多少莎迷和莎痴,莎子莎孔和莎族。一个躺在墓中的人,竟伸出恁长恁长的章鱼式的须来,伸进文化的每一个角落,伸到这亚热带的岛上,伸到今夕。伸到——

今夕,夜正年轻。黑云母的夜空有白云的皱纹。朱丽叶的月光,似溶了微毒的青芒,凉沁沁地落在我们的皮肤上。仰面。抖发。张开肺叶。吸进冰薄荷冰过的初夏。不圆满的月面。朱丽叶的匕首抖开了寒芒,抑是她墓中守尸的烛光?

"再见,Father Clifford!"

"再见,Father Orozco! 晚安!"

"再见,Friar Laurence,曼丘亚再见!"

散场的大学生哄笑起来。Friar Laurence 说:

"Take care of yourself, Signorina Capulet!"

又是一阵笑声。月光下,谁唱起刚才李达三神父演说中播放的小丑之歌。

> 什么是爱情? 爱情非将来;
>
> 今天高兴,笑口就暂开;
>
> 明天的一切不可预期;
>
> 等来等去,等少了青春;
>
> 来吻我吧,双十的情人;
>
> 青春是不经用的东西。

月

　　立刻有大三的女生群接下去复唱。不会唱的,也不由自
主地低声吟和。看过《深宫怨》和《王子复仇记》的电影吗? 那
些宫娥和短命的奥菲丽亚的柔美歌声,就像这样。柔美、凄
清,而且无可奈何,让耳朵饮鸩止渴似的饮进那旋律。你必须
亲耳聆过,亲身淋过,才能从胃里,从寒颤的背脊上,从隐隐发
麻的脸颊上,经验那种酸楚。哪,歌声又起了,祟着月,祟着夜
的神经质的听觉:

　　　　等来等去,等少了青春;
　　　　来吻我吧,双十的情人;
　　　　青春是不经用的东西。

然后又是一阵自嘲夹杂着自豪的笑声。
　　"余老师,你怎么不唱?"
　　"咦,我说是谁,原来是老师! 唱嘛,唱嘛!"
　　"老师,你唱嘛! 还是你教我们念的!"
　　"你们唱吧。这是你们唱的歌。我已经——"
　　歌音飘然远去,笑声亦渐杳。只留下冷冷清清的柏油马
路,留下文身的斑马线,交给欲眠未眠的氢灯。现代的夜城,
竟而空空廓廓如一座废墟,青荧荧的太阴下,被蛊的世界迷惘
而且夐远。昼间的一切,新闻和历史,竞选演说和宣传车队,
都恍若隔世的回忆,可笑而不切题。一切皆是多事,Much
ado about nothing! 蝇营狗苟,夙兴夜寐,锱铢必较,睚眦必
报。一百六十公分,一百二十五磅,癌症的候选人,坟墓的远
客。如此而已。如此而已。黄金的男孩和黄金的女孩,像烟
囱的扫帚,迟早要扫灰! 崇拜老师的金童和玉女,玉女和金童
啊,事实上,崇拜的是我,被崇拜的是你们。崇拜你们的青眼

188

和眼中的风景,崇拜你们出发的希望,追光的决心。希腊人是对的。他们为青春设一尊神。痛饮当如巴克科斯,长歌当如阿波罗。孔子的子孙啊,你们太早熟了。不崇拜年轻的英雄,崇拜年迈的圣贤!颜回太缺少运动,而且营养不良!北方之强欤?南方之强欤?孰如西方之强欤?

青春常在,而青年不常在。freshmen 来。seniors 去。如潮来潮去。海犹是海,而浪非前浪。抽足入水,无复前流。大一的青春子衿,大四的济济多士。浪来。浪去。像校园里开开谢谢,谢谢开开的夹竹桃和樱花。我是廊外的一株花树。花来。花去。而树犹在。十二年前,我也是一朵早春的桃花,红得焚云的桃花,美得令武陵人迷路的桃花,开在梁实秋的树上,赵丽莲的树上,曾髯公的树上。然后我也迅疾地谢了。然后我开始孤独而且流浪。

月光的冰牛奶,滴进了几 CC 的醋。四野寂然无风,但有风的感觉。月轮转时,牵动着水晶体中一切的钴蓝色和铝青色,牵动着淬了毒液的匕首的锋芒。蛙群放肆而且盲从地鼓腹而歌:crow-co-co-co-ax-coax-coax。真像这世界已然沉入仲夏夜之梦底,月光的邪说,萤火的谣言,已经统治了夜,统治了几千年了。月轮转着,如在吉普赛女巫掌中的水晶球,球面的黑斑显示着神秘的象征。萤火虫的磷焰,照不出夜的轮廓,徒增夜的迷惑。巨瞳而隆腹的蛙族拜月而唱,如中蛊的原始部落:克罗可可可阿克斯可阿克斯可阿克斯。匪夷所思地唱着。施法念咒似的唱着。传递密码似的唱着。原始而苍老,野蛮而年轻地,莫名其妙地唱着。克罗可可可阿克斯可阿克斯。此起彼落,一呼百应,放肆而盲从地阁阁唱着。一若青草池塘的肺在呼吸,夏的小脑在做梦。月的鬼魄附在这些蚊虎的身上。

　　我的归途误入了雅典的郊野，抑是伊丽莎白的舞台？生命原是 a comedy of errors，而你是误中之误，错中之错，且错得多么有意。如果你披着青青的月色，脱下暧昧的树影，无声地向我走来。如果你不哭，也不笑，也不泄一点回忆。如果你立在那池塘上，茫然地望我，以你茫然的美目。则你应是一朵白得可疑的睡莲，醒自汉朝的古典。今夕何夕。至少在莎诞夜，你是一株窈窕而自怜的水仙，醒自希腊的爱琴海上。我刚自修道院归来，我知你曾在修道院苦修，欲修成洁白无疵，不可能的完整。

　　但是我亦已将灵魂锻炼成大理石。我的前额是峥嵘的火成岩，我的泪腺是凝结的冰河。中国的诗人——你知道中国吗？——说，心铁已从干莫利。我无动于衷。即使红莲落瓣如滴血，你以为我会落泪，即使白莲落瓣如降雪。即使水仙溺水成水鬼。即使珊瑚是我的脊椎。即使珍珠是你的瞳孔。即使月下的世界是海底的世界。即使海神每小时摇我的丧钟。叮当。钟声。叮当。叮当叮。

　　那婴孩睡在观音山对岸。母亲，睡在塔底啊母亲。海神每小时摇一次丧铃。叮。叮当叮。莎士比亚，你是一只戏剧精，一只老不死的诗巫。拨动你的无名指，滚动你的指环，你是通冥的普洛斯佩罗，你呼风唤雨，撒豆成兵。谁是朱丽叶？谁是爱俐儿？谁是未见过男人的密兰达？谁是见不得女人的阿多尼斯？凭月光的巫术起誓，你这死神的弄臣，你一定拐走了琼森和弥尔顿，雪莱和丁尼生，拐走了狄伦·托马斯、弗罗斯特、肯明斯！如果在不朽的彼端有诗巫和戏剧精，那就是你啦，依呀嗬！老威廉！

Now look here, Bill, you must've stolen my soul! 四百岁的精灵。西敏寺的圆顶也镇你不住,比尔,埃文河的波浪也冲你不走。你应该在西敏寺幽黯的诗人一角,陪六百岁的老乔叟打瞌睡,不该学哈姆雷特的爸爸,比尔,到世界各地去作祟。

哪哪,比尔,我没有喝醉,你也没有喝醉。我们去雌人鱼酒店沽酒去。去去去!月亮和马路,夜和萤火,我们和蛙族,全去全去!李太白在雌人鱼酒店等我们哪! Come on, everybody! Come on, Macbeth and Iago and Falstaff! 我们唱吧! "帝王的纪念碑,不会比我的雄豪诗句更长寿。"祝你生日快乐,比尔,祝你生日快乐,李白。"屈平词赋悬日月,楚王台榭空山丘。"又要不朽。又要年轻。青春是不经用的东西。干杯,比尔!

1964 年 4 月 22 夜
莎翁诞辰四百周年前夕

皋兰山月

◎余秋雨

　　天太黑,地方又太陌生,初来那天,真把山顶的灯光当作了星斗。四周都没有星,只有它,那么高,如恶海孤灯,倒悬头顶,有点诧异。一路累乏,懒得多想,只看了它一眼,倒头便睡。

　　第二天清早推窗,才一惊,好一座大山,堵着天。山顶隐隐有亭,灯光该来自那儿。晚上再看,还是像星,端详片刻重又迷惑。看了几天,惑了几天,便下狠心,非找个夜间上去不可。于是便等月亮。

　　等来了。那晚月色,一下把周围一切都刷成了半透明的银质。山舍、小树、泥地,如能用手叩击,一定会有铿然的音响。浩浩大大一座山,没有转弯抹角的石头,没有拂拂垂坡的繁草,没有山溪,总之没有遮遮掩掩的地方,只是一味坦荡。坦荡的暗银色、锡箔色,了无边际,除此之外再没有别的色相。走在这样的山路上,浑身起一种羽化的空灵。也不在意路边还有些什么,呆呆地走。只要路还在,就会飘飘忽忽、无休无止地走下去。脚下不慢,但很轻,怕踩坏了这一片素净。

　　应该已经很高了。风在紧起来,寒光浸到皮肤,抱肩打个噤。抬头看月,反比上山时小了许多。

　　终于乱七八糟地去想这山的远年履历。好像霍去病是在这里狠狠打过一仗的,打得挺苦,《汉书》讲这位大将军时提到过这座山,记得还很吝啬地用了一"麾"字,叫人去眼瞪瞪地傻想那场仗的酷烈。这山也命苦,竖在这个地方,来往要冲,打打杀杀的事少不了。山最经不得打仗、拔木、烧草,一遍一遍轮着来,还能留得住什么?溪脉干涸了,掷还给它浓稠血迹。山石抛光了,掷还给它断箭残戟。山惊悚着,急急地盖上一层黄土,又一层黄土,把哀伤吞进肚里。它闭上了眼,永久地沉默了。像一位受尽磨难的老人,只剩下麻木。

本应该让满脸平和的张骞、玄奘多来走走,然而我估摸,他们没上山。又没有一条好路,也没什么好景,他们的路程远,舍不得力气。抬头看上几眼,就从山脚下走过了。玄奘要是真有那几位徒弟陪着,会让孙悟空翻个跟头上来一下的,猪八戒懒,沙僧放不下那担子,都不会上。

也许林则徐上来过,他清闲一些,有力气没处使,爬上山来吐一口闷气。在山顶上看看东南方,想想家,想想早已飘散了的虎门烟火。左宗棠也会上来,他带着兵,老习惯了,到哪儿都喜欢爬个山看个地形。此公老是站在山顶朝西北方眺望,不时让兵士拿来边陲的版图。心情松快时,还叫兵士种过一点柳树,好挡住域外的蛮风。

要是早有眼下这条路,他们还会多上来几次,一个守望东南,一个守望西北。但这条路是四十年前才修下一个根基的,还是为打仗。路修得很急,也很快,修路的有兵士,也有民伕。修路时该挖出过数不清的白骨,也不知是什么朝代的,在月光下白得刺眼。几具头骨凄森森地狞笑;它们都是修路者的远代同行。修路者骂一声晦气,心里一沉。

我不敢再想。荒山深夜,心里毛毛的。脚步加快,快走出这段长长的山路。

啪哒啪哒地走,山顶到了。亭由灰砖砌成,砌在原先的烽火台上。竟有不少人在,都不作嘈杂声。似乎都惊叹自己站立的高度,优裕地微笑着,看着山下密密的灯,寻自己的家。一位妻子悄声责怪丈夫:"关什么灯,找也找不到。"

我家不在这儿,无心多看。要说灯,这儿并不出色。我离开众人,躲到山亭另侧。这里阒无一人,眼下只是绵绵群山,趁着月色,直铺天边。天边并不能看真,看远去,发觉头已抬高,看到了天上。这些山,凝固了千百万年,连成一气,却又是滚滚滔滔,波涌浪叠。一个波浪就这么大,我立即被比得琐小不堪。也听出声响来了,找不到一个象声词能够描述。响亮到了宁静,隐隐然充斥天宇,能把一个人的双耳和全部身心吞没得干干净净。古哲有言,大音希声,也许这便是历史的声音?

据智者说,这儿本有丰郁的兰花,这儿简直就是兰花的故乡,否则得不了这个名。这大体可信,古人淳真,还不大懂得冒名。我的家乡至今兰草茂盛,踏进山呑,连飞瀑也喷溅出熏人的清香。谁知,兰花的故乡竟在这里。但是这里的兰花后来到哪里去了呢?真不好意思让一座莽然大山,羞辱地顶着一个空名。

山亭那侧,人已走光。山下的灯也层层熄灭。一切都没有了,只有我还站着,像一根风化的石柱。

离开人世高墙的重重卫护,蒸发掉种种温腻的滋润。赤条条地,与荒漠的群山对峙,向它们逼索一个古老人种苦涩的灵魂和行程。我相信,林则徐和左宗棠,曾从这种逼索中领悟过刀兵炮火的意义。今夜,我仍要继续倾听。

月亮轻轻一颦,躲进一团云,然后又飘然西去。她运行不息,变得明彻而洒脱,用一阵无声凉风,示意我踏上回程。回程中又想起张骞和玄奘,他们都未曾滞留,衣带当风,双目前视,用疲惫的脚,为凝寂的土地踩一条透气的甬道。

　　于是,夜半月光下,我仿佛听到了汉唐的驼铃。

月

月光

◎张炜

一

一道漫坡沙岗上,有个泛亮的影子。它蠕动,像荧光一样闪亮,出现复又消失。

我在渠边看着莎草,看莎草里落下的那个影子,等待它再一次出现。四下都是沙涛,像柔软的涌。

多么安静,偶尔有咕咕的叫声消散在草丛里。

这是一个凝固的时刻,它可以完整无缺地移动到另一个时空,在那儿封存。我们可以把固定的时间打开,再关上。

离开那道溪水往前,直走到很远。依旧寻找那个影子,它再也没有出现。可是我刚刚还看到了它。我不会放弃。温暖的、清爽的气流,引我伸出双手。躺在草地上,眯着眼睛去迎接。

多好的一段光阴,这个时刻必定会发生一点什么吧。

费了多少周折,才来到这片沙原。

二

我们离得那么遥远,又像近在咫尺。遍地洒满你的目光,它驱走了我的愁绪。你的心音就像凝止的溪水,给我一个默默。

你应该在清晨去找,而我应该在夜晚来寻。尽管我们分处于不同的时刻,可我们举步前行的时候都踏着同一个节拍。这就是我们永不相见的原因,也是我们思念的原因。

像夜晚思念早晨。我为什么不能像鸟声啁啾的清晨,像你一样走进晨雾?那时我因为一夜无眠,刚刚进入鼾睡,又在中午时分醒来。

因为我想到了你。可是我知道你不属于这个时刻。于是就苦等夜晚。

三

而你却在夜晚啜泣。这么安详的时刻你也不能平静。思念,啜泣。你找到了它,它跟随了你,然后一直没有分离。

我像一个狩猎者,四处奔波。你听到了踏踏的马蹄,听到我嗖嗖的弓弦,就一直仰望西北天,想像那里的雁鸣、流沙,还有飞来飞去的鹰、奔跑的犬。

那是我们共同编织的生活。

而今我只在一个角落,只寻一个夜晚走出斗室。我迈着比火狐还要轻的脚步往前,找到一团静水,然后悄悄守候。

这一切都不会让你知道,因为你会对我失望。我不停地诉说使命,可是却不愿回到那个早晨。这是不为人知的奥秘。

我是为了诉说才回到自己的夜晚,在一片柔恬的光色下

月
光

享受和咀嚼。我口唇中仅有一丝苦味。我以这种咀嚼换来无边的幸福。

四

奇怪吗？一点也不。我刚刚从麻木中醒来。我在重现一个场景，重构一段记忆。我在这种状态下，把一切变得抽象，又把抽象还原为具体。这种游戏只有我来做。

你从来也没有告诉，你在这样的夜晚将走向何方？而我，又为什么来此与你共守、心的共守？

五

欲望无时不在，这就是生命之隐。一切都是它的缘故，它使人不能忍受，又使人坚硬如钢，使人如此执拗如此恍惚，使人变得纯洁变得污浊。

我像一位老人一样沉默，徘徊不语。它就在我的手边，我不需要寻找。它联结着你，而你又与我隔开了它。它不愿说出真相。它可怕而又可爱。它支持了我又损伤了我，帮助了我又亏欠了我。

我一直没有为它找一个恰当的形象去比拟。我对它毫无办法，我紧跟它的脚步行走已经有四十年了。我想像当我衰老的时候，它就会离我稍远一点。

那时候我将回到你用体温焐热了的那个小巢。

你不会拒绝。

六

记忆当中,我们一起滋生了多少拒绝和哀怨。你用这种方法展示自己的贤淑和缠绵。实际上完全不是这样。

只有在远处我才能感到你所要表述的一切,它们都掺和在这片沙原的夜晚。今夜光色使我想起了你的目光、头发、衣饰,你的一切;包括你蹑手蹑脚的行走,包括你在风中轻轻拂动的衣裙。在这样的夜色,我不由得追问:

为什么总要独自一人呢?

这追问包含了难以廓清的内容:哪一个人?他是谁?是我还是你?

我想这个人应该是你,因为是你要离去,是你使我们形单影只。

你竟然在这样的夜晚还能够那么固执,木然地呆在一个地方。你竟然漠视这样的月光。

这是人类所能看到的最美的光,我已完完全全被它吸引为它征服。我把它认作了你,奔向了你。在这个时候,我已经口不能答手不能书。

我把你们合二为一了。

月
光

199

夜语

◎艾雯

　　如果白日教人以勤劳,那么黑夜便告诉人静思,白天里被那些琐碎、繁冗的俗务搅乱了思想,就像一池激动混浊的池水,在晚上平静下来慢慢地澄清了。

　　人也只有在那一刻澄清时,映出了真正的自己。没有披世故的外衣,没有戴虚伪的面具,有人认为白天的自己是做人成功的一面,而晚上的自己是比较可爱的一面。我不知道你喜欢哪一面? 而我自己,却是宁取后者,因此,我不否认,做人,我是属于失败者。

　　也许,由于我是失败者,也就更偏爱人性那一份真,我珍视每一刻思想上的澄清时,就如我喜欢每一个静夜的来临。

　　如今,现在,又是个深静的夜晚,窗外的月色遮夺了室内朦胧的灯光,连稿纸上的字粒都显得黯淡呆滞了。我无心再做填格子的工作,搁下笔,熄了灯,悄悄地走出屋子。银色的月光像一片沉寂无波的水,小园是艘绿舟,系在沉寂的窗前,这一刻,窗里的人都已睡着,老人家带着操劳了一天的疲倦,年轻的拥着一个属于明天的绮梦,孩子的枕畔还搁着那本厚重的升学指导,她们都睡得那么香甜,那么安宁,就像园里那株浴着月光养神的大榕树,和那两株花茎低垂、花瓣微合的玫瑰和百合,在这样的深夜,梦之神用她透明的双翼遮庇着一切生物的深夜，只有我尚未入睡，独坐台阶上抱膝望月。还有你，你还没有回来，也不知又是被永远开不完的会羁留了，抑是为那些应酬不完的应酬所耽住。宛如那蜘蛛有一辈子吐不尽的丝，织不完的网，仿佛你就有那许多忙不尽的工作和应酬。我忽然想起了一篇叫《缀网劳蛛》的文章。内容已记不清了，但那个题目《缀网劳蛛》却给留下了很深的印象，你说，蜘蛛无休无止地只在网上穿缀织补，究竟是聪明的举止还是有点傻呢？

聪明或傻，人类心里似乎还缺少那么一座公平的天秤，没有一个聪明人会认为自己在做傻事，也没有一个傻子会觉得自己做的不是聪明事。

其实在皎洁的月光下想这些，说这些，不也不够聪明么？白昼，人与现实纠缠在一起，已耗尽了精力，晚上，尤其是在月光下，为什么不想些属于心灵的、美好而缥缈不可捉摸的事物？能够忘掉一会现实，世界会变得美丽一些，也宽广一些。也许你会说，人活着是不能脱离现实的，就像草木不能离开泥土一样。是的，我不否认这一点，但是，草木除了在土里扎根，它们也吸阳光来丰富生命，吸取雨露来润泽青春。还有朝岚晚霞，月色星光，渲染得一片绚丽，人又为什么不能在现实生活之外，有一点美，有一点诗和梦！除非是心灵沉浊了，由于尘垢的淤积，灵魂甜睡了，在那自满的厚褥上。

月亮升得更高，晶莹玲珑，却不是浑圆，不晓得今夕是农历十二三，抑是十七十八日，而我总是比较喜欢于前者的月亮。十五的月亮是圆的，圆代表着完整、圆满，也象征着完成和满足，已经是完成了、满足了，便没有什么需要增添，需要期待，需要追求：这宛如人生攀上了成功的高峰，一阵高兴，一阵

月

自豪,时间逝去,却也就日趋平淡。那成功的绚烂日渐失去光彩,就像十七十八的下弦月,一天一天削减、消失,而十二十三那待圆未圆的月亮,寓有希望、寓有期待,人生不全由于"希望"和"期待",才奋斗下去,活下去!

我凝视着月亮,月亮也投射它柔和的光辉在我身上。默默伴着我的是自己的影子,不知为什么月光下的显得瘦弱伶仃,怯怯地依着我仿佛夜凉不胜寒。在这样幽静的月夜,说话常常是多余的。高谈阔论显得蠢,谈生活上的琐事显得寒伧,谈事业沉重了些,谈学问有点嫌酸,谈风花雪月又显得轻浮,客套应酬更是俗不可耐。若没有那样一个有着深深的默契,彼此心灵偎依、气息相投的挚友共赏明月,共享月夜那一份清幽超尘的气氛,那么默默相随的影子,该是最好最忠实的友伴了——我悄然回顾,影子默然,我也无语,只凉风吹落三五片树叶,吹散一地花影,夜更深了。

有一辆单车经过门外的小巷,静寂中越显出车轮辗着石子嗞嗞的声响。伏在我脚下的狗警觉地竖起了耳朵,但嗞嗞声过去,远了,它又松懈地垂下耳朵,把头伏在石阶上安然睡去。不一会喉咙头发出低低的呜呜声,四肢微微抽搐,它也在做梦呢,不知是梦着奔驰在它祖先发源的荒山深谷,抑是为一块骨头在打架?我轻轻拍着它的头,它便不响了,一只萤火虫打从它身前飞过,歇在一丛草上,不住打着它的小灯笼一闪一闪照亮它选择的眠床,突然在一黑之后便不再亮了,想来已熄灯安息,很轻微、很幽细地,一只蟋蟀开始奏起了安息曲。

小园幽僻的一角,月光照不透簇拥着的三五株树丛涵满了阴影,在满园明澈如水的情调中,独显得森严、肃穆。我望着望着,但觉自己澄清如水的思念上,也不知不觉轻轻笼上一阵阴影,是寂寞吗,抑是别的? 我不喜欢它,我更不能让它扩展,遮掩了一切,我需要思想上的另一阵清风,把它吹散,把它拂除,于是,我从冰凉的台阶上站了起来,才发觉衣襟已被夜露沾湿了。

小巷里依然没有车声或脚步声。但我不想再为等待而等待。

我悄悄地回到屋子里,悄悄地开亮台灯,重又执起笔来。趁着这一刻澄清,我还得把我心灵的声音,谱入字句,填入格子。我将一分一秒,用笔尖刻划掉漫漫长夜。

夜语

故乡的明月

◎叶兆言

　　小时候，读到"举头望明月，低头思故乡"，觉得朗朗上口，不知道好在哪里。少年不识愁滋味，中秋节不是什么节日，月饼太甜，可吃可不吃，而且不放假。

　　中秋是一个怀念故乡的日子，一位去新疆的支边青年，曾和我谈起在戈壁滩看月亮时的体会。戈壁滩一望无际，远远地有狼叫声传过来，圆圆的月亮有时候是红颜色，高高地挂在那里，就跟假的一样。在这样的明月之夜，要想不思念故乡，几乎不可能。

　　我也有过远离父母的日子，在"文化大革命"中，父母进了牛棚，去农村待了三年，那时候还是读小学的年纪，并不会从中秋的明月联想起远方的父母。小孩子还没有什么赏月的雅兴，那时候我所在的农村尚未通电，为了省点灯的煤油，天一黑，便被打发上床睡觉。我常常无缘无故地想起自己的父母，想起南京的家，这是一个孤立无援的小孩子的想念，用不着什么由头。

　　中秋是团圆的日子，一家人聚在一起，准备好一桌子菜，买了啤酒或是别的什么酒，热热闹闹一番。这种热闹是以分离为前提的，月有阴晴圆缺，人有悲欢离合，如果一家人总是聚在一起，也无所谓团圆。城里人在中秋的夜晚干什么呢，上馆子大撮一顿，打麻将干上一个通宵，要不什么也不干，和往常一样，早早地吃了晚饭，孩子打开书包做作业，年轻的父母们打开电视。对于一个过分幸福的家庭来说，中秋节是个多余的奢侈品。

在现代化都市里，我想象中，真正能惦记中秋这一天的，应该是那些离乡背井的外地民工。都市里到处都是高楼，要想欣赏月亮也不是什么容易事。倒是那些在高高脚手架上加着夜班的民工，那些为了让城市更现代化出力流汗的异乡人，很可能会扭转过身来，对中秋的明月多看上几眼。那些混得好的来自异乡的大款们，可以去星级饭店顶楼的旋宫上赏月，去喝那些要收高额服务费的饮料，听不入流的歌星唱歌，或者自己过次歌星瘾唱卡拉 OK。人真是混阔了，怕是也没太多的时间去注意月亮。

"今人不见古时月，今月曾照古时人"，这是李白的诗，绕了半天，无非是在抄袭李白的诗意。月亮永远是那一个，故乡也永远是那一个，不同的是我们自己，是我们的境遇，是我们的心灵。

敬　　启

　　因为某些技术上的原因,致使本书的个别作者尚未能联络上。敬请见书后,即与责任编辑联系,以便我们及时奉上样书与薄酬,并敬请见谅。